LA NOUVELLE JÉRUSALEM DÉLIVRÉE,

ou

LE SECOND PIED AU CU DE MADRID,

Par le Lord WELLINGTON au grand Roi Joseph ! ! !

Cet Ouvrage, respectueusement, dédié à S. M. l'Empereur de toutes les Russies, en parcourant quantité de faits, et de circonstances qui ont précédé la Révolution Françoise, ainsi que les principaux Evénemens dont elle a été accompagnée, conduit, par dégré, à ceux qui ont eu lieu en Espagne, et en Portugal, jusqu'à l'Epoque de la levée du Siége de Burgos.

Il y est aussi fait mention, surtout dans l'Epître dédicatoire à SADITE MAJESTE, des Actes révoltans de provocation, de violence, et d'invasion commis dans une partie de l'Empire de Russie, par l'usurpateur éternel des Nations.

L'Auteur y a joint, pour l'amusement du Lecteur, diverses ANECDOTES curieuses, et des plus intéressantes, des HYMNES adaptés au Sujet, et certain nombre de PIECES-DETACHEES en vers de différentes mesures, insérées, à divers périodes, tant dans le *Star* que dans le *Morning Post.*

PAR LE CHANOINE HUMBLET.

À LONDRES,

De l'Imprimerie de Cox et Baylis, No. 75, Great Queen Street, Lincoln's-Inn-Fields.

Janvier, 1813.

AU LECTEUR BIENVEILLANT.

Lors de la levée du siége de Burgos, et de la réoccupation immédiate de NOTRE NOUVELLE JERUSALEM DELIVREE, par les armées réunies de Joseph, de Soult, et de Suchet, l'impression du présent Ouvrage tiroit à sa fin, conséquemment point de remède, point de moyen de le refondre, de le modifier, de l'adapter aux circonstances; ce qui même, en en supposant la possibilité, n'en auroit fait qu'une mauvaise rapsodie..... En entreprendre un nouveau, l'embarras du Sujet, celui de colliger les matériaux, le temps d'ailleurs qu'il auroit demandé, soit pour l'ébaucher, soit pour le rédiger, soit enfin pour le perfectionner, sans compter celui de l'imprimer, de le brocher, et de le publier au période accoutumé, c'est-à-dire, immédiatement après les Fêtes de Noël, étoient autant d'obstacles insurmontables; en conséquence, le Lecteur est instamment prié (avant de s'occuper de la lecture du présent Ouvrage,) de prélire ce qui est dit à ce sujet, à la page 39, intitulée MADRID!!!

AUX SEIGNEURS ET DAMES, et autres Personnes de toutes les classes qui veulent bien honorer l'Auteur de leur gracieuse souscription.

Les Souhaits d'une heureuse année, et l'accomplissement de tout ce qui peut remplir le cœur de l'homme sur la terre, sont les vœux ardens que le Chanoine Humblet se permet d'adresser, bien cordialement, à Eux tous, en général, et à chacun d'Eux, en particulier.

As a few copies upon the PEACE OF TILSIT, 1808; THE CONVENTION OF CINTRA, or THE LAMENTATIONS OF JOHN BULL thereupon, 1809; THE JUBILEE OF THE KING, or THE REIGN OF 50 YEARS, 1810; and even some of BUONAPARTE A LONDRES!!! 1811; and of THE PROBLEMATICAL PICTURE OF LONDON AND PARIS, 1812, still remain in the hands of the said Author; if some of his Benefactors, or others should want them, or some of them, they are desired to apply at No. 40, Piccadilly, near Down Street, Each, half price only, the whole collection One Guinea.

GOD SAVE THE KING!!!

And save all those whose names are here inserted, as well as the Author himself, from the claws of Buonaparte, whose fate, for having written so kindly on his account, would inevitably be the same as that of Captain WRIGHT, who having landed on the coast of France a few spies, was put in prison, where his feet were fatted with lard, and applied to hot copper-plates; after which he had an arm, and a leg cut off, and was finally strangled. See Goldsmid's Observations on the Life of Buonaparte, published last year.

Tableau Alphabétique,

(La Famille Royale exceptée).

Des Personnes des deux Sexes, les plus distinguées du Royaume, et autres de toutes les Classes, qui ont bien voulu, depuis plusieurs années, accorder à l'Auteur leur faveur, et protection.

1810.	1811.	1812.
Le Règne de 50 ans, ou le Jubilé du Roi.	*Bonaparte à Londres !!!*	*Tableau problématique de Londres et de Paris.*

FAMILLE ROYALE.
DUCS d'York
  de Kent
  de Cambridge
DUCHESSES d'York
    de Brunswick
PRINCESSES de Galles
    Charlotte de Galles
    Sophia de Gloucester
HAUTE NOBLESSE.
DUCS de Bedford
  de Buccleugh
  de Devonshire
  de Gordon
  de Grafton
  de Marlborough
  de Rutland
DUCHESSES de Bedford
    de Buccleugh
    de Devonshire
    de Leeds
    de Rutland
HAUT CLERGE.
ARCHEVEQUES de Cantorbery
    d'York
EVEQUES de Bath and Wells
  de Chichester
  de C oyne
  de Saint-Asaph
  de Salisbury
  de Winchester
Le Très-Rev. Doyen de Westminster
MARQUIS de Bath
  de Blandford
  de Headford
  de Hertford
  de Wellesley
MARQUISES de Bath, Dou.
    de Blandford
    d'Exeter
    de Hertford
    de Salisbury
    de Tavistock
    de Waterford
COMTES Aberdeen
  Ashburnham
  Besborough
  Breadalbane
  Camden

COMTES Carlisle
  Cork
  Cowper
  Darnley
  Dartmouth
  Glasgow
  Glandore
  Kenmare
  Liverpool
  Morton
  Poulett
  Rosslyn
  Stair
  Upper Ossory
  Uxbridge
  Waldegrave
  Winchelsea
COMTESSES Ailesbury
  Carlisle
  Cholmondeley
  Coventry
  Cowper
  Essex
  Jersey
  Harcourt
  Harcourt, Dou.
  Harrington
  Portsmouth
  Waldegrave
  Westmorland
VICOMTES Bernard
S. E. le Lord Vicomte Cathcart
  C***.
  Deerhurst
  Dudley and Ward
  Melville
  Ossulton
  Palmerston
  Wentworth
VICOMTESSES Dillon
  Hawarden
  Melbourne
  Perceval
LORDS Amherst
  Bettive
  Bolton
  Borringdon
  Boston
  Bradford

LORDS Caledon
Eardley
Fitzgerald, (Robt.)
Grantham
Grantley
Guildford
Jocelyn
Keer (Mark)
Middleton
Napier
Plymouth
Spencer (Francis)
St. Helens
Taylor (George)
Willoughby de Brook
Yarborough
LADIES Bolton
Bromard
Brownlow
Bruce
Calthorpe
Clifford
Compton
De Clifford
Glenbervie
Jerningham
Keith
Milbank
Sutton (Charlotte) *Lam-
beth Palace*
Thanet
Tilney Long
Vernon
Wellesley Pole
Wellington
HONORABLES Goldworthy
Jennings
MESDAMES Catalani
Crauford (Queen Ann
Street)
Evrette
Faulkener
Hope (Mansfield Str.)
Rendall
Vaughan
Wechlers
MESDEMOISELLES
Beger (Auguste)
Beger (Thérèse)
Macleod
HONORABLES.
Bathurst (Bragge)
Elliot (Hanover Square)
Hood
Lamb (M. P.)
Perham (And.)
Robinson
Ryder (Rt. Hon.)
York (Rt. Hon M. P.)
BARONNETS.
Englefield (Sir H.)
Fludyer (Sir Samuel)

BARONNETS.
Frederick (Sir John)
Hippisley (Sir J. C. M. P.)
Hume (Sir A. M. P.)
Sheffield (Sir John)
CHEVALIERS.
Clerk (Sir John)
Earle (Sir James)
Halford (Sir Henri)
Milbank (Sir R. M. P.)
AMIRAUX Keats
Keith
Saumarez
Warren (Sir J. B.)
OFFICIERS GENERAUX, ET
AUTRES.
Bloomfield (Col.)
Brown (Col.)
Burrard (Gén.)
Cartwright (Gén.)
Durdas (Gén.)
Fergusson (Gén.)
Fitzpatrick (Gén.)
Gordon (Gén.)
Howard (Col.)
Langton (Gore, Col.)
M'Mahon (Col.)
Taylor (Col.)
Torrens (Col.)
Upton (Col.)
MESSIEURS.
Ansley (late Lord Mayor)
Baring (Alexander, M. P.)
Baring (Thomas, M. P.)
Baring (Henry, M. P.)
Baillie (Phys. to His Majesty)
Blackburne (M. P.)
Cox (Gros Pl.)
Ellis (John)
Evrette (William)
Fitzhughs (M. P.)
Foster (Thomas)
Freeling (Francis)
Goodwind
Grant (M. P.)
Greenwood
Harrison (George)
Hope (Mansfield Street)
Hope (Seamore Place)
Kraus
Maitland (Ebenezer)
Maxwell (Gros Pl.)
Ortez (Spanish Consul)
Penn (John)
Robarts
Tramezzani (Signor)
Tysen (Francis)
W***.
Walbreck
Whitbread (M. P.)
Yarell and Foster (*Newsmen to their
Majesties*)

À SA MAJESTÉ

L'EMPEREUR DE TOUTES LES RUSSIES.

SIRE,

Daigne, VOTRE MAJESTÉ IMPERIALE, ne pas regarder comme une audace, ou témérité de la part de l'Auteur de LA NOUVELLE JERUSALEM DELIVREE, la liberté qu'il prend de dédier à VOTRE DITE MAJESTE IMPERIALE un Ouvrage qui ne peut qu'intéresser les âmes sensibles, et conséquemment celle d'un Prince aussi vertueux que débonnaire, et magnanime, liberté que ledit Auteur n'auroit, jamais, osé se permettre, s'il n'eut vu dans *l'heureuse* DELIVRANCE DE MOSCOW, celle *d'une troisième* JERUSALEM, qui, de même que *l'ancienne*, a été détruite, pillée, ravagée, et réduite en cendres, par le même *Nabuchodonosor* qui avoit envahi, et enchaîné celle dont il s'agit dans le dit Ouvrage.

Que si la JERUSALEM du Midi, ne fut pas, tout-à-fait, aussi maltraitée que la *Jerusalem* du Nord, dans ses bâtimens tant publics que privés, et si ses habitans ne furent pas d'abord dépouillés de leurs biens, et de leurs propriétés, comme ceux de Moscow, c'est que, d'après les plans du *destructeur universel*, elle devoit rester la Capitale de l'Empire d'Espagne, et devenir le siège, et la résidence de son digne représentant, JOSEPH PREMIER! à titre de *Vice-Roi*, à la rapacité duquel il croyoit devoir réserver, *jusqu'à nouvel ordre*, le pillage desdits habitans, le dépouillement des temples, et des autels, comme un premier appointement à la couronne qu'il lui avoit destinée.

De plus, si, grâce au Ciel, la captivité de vos chers, et loyaux sujets de Moscow, SIRE, n'a pas été d'aussi longue durée que celle des infortunés habitans de Madrid, c'est que le tyran en avoit à faire à des *Russes !!!* et à une Nation plus heureuse, en ceci, que la Nation Espagnole, qu'elle jouissoit du grand, du glorieux avantage d'avoir en son sein, et à la tête des opérations militaires, son Monarque, et son Idôle, et dans ses armées, à peu près, autant d'Achilles, et d'Hannibals qu'on y compte de Généraux, et d'Officiers de tout grade, aussi inviolablement attachés à leur Souverain, que leur Souverain Lui-même s'est montré inviolablement attaché à la cause de ses dits fidèles, et loyaux sujets, en se refusant obstinément, d'après leurs vœux, à toute espèce de négotiations tendantes à une paix, à un accommodement quelconque, qui, bien certainement, n'auroit encore été que l'ouvrage artificieux d'une nouvelle perfidie, refus que l'Europe entière a regardé comme un avant-coureur de sa délivrance prochaine, et refus auquel le tyran s'étoit d'autant moins attendu qu'il s'étoit bêtement imaginé, persuadé même, qu'une fois à Moscow, *la grande difficulté étoit levée*, et qu'ensuite *il feroit aisément passer l'Empereur Alexandre partout où il voudroit !!!* s'étant insolemment dit à soi-même, au moment de son départ pour la Russie: *Que la paix se feroit à Moscow !!!* tout ainsi qu'il avoit eu la présomption de dire ouvertement, lors de son éloignement de Paris, pour aller faire la guerre à l'Autriche: *Que la paix se feroit à Vienne*, ce qui, effectivement, eut lieu, au grand regrèt du PRINCE CHARLES, qui, ignorant la chose, n'en fut informé que dans l'instant qu'il se disposoit à combattre un des Généraux ennemis, lequel n'eut rien de plus empressé que de lui en transmettre la nouvelle désespérante; mais, malheureusement pour lui, notre insolent, et présomptueux *Darius* n'ayant pas rencontré dans l'ALEXANDRE de nos jours, un Potentat aussi complaisant que l'avoit été FRANCOIS PREMIER, probablement intimidé par ses progrès rapides; et le refus péremptoire de VOTRE MAJESTE IMPE-RIALE de condescendre à ce qu'il désiroit, et celà d'autant plus ardemment qu'il cherchoit à se tirer du *bourbier* où il ne prévoyoit que trop, qu'il alloit se trouver invinciblement enfoncé, l'ayant entièrement dérouté, désespéré, il sentit, dès lors, qu'il ne lui resteroit d'autre parti à prendre que celui *de tourner sur ses talons*, et d'abandonner Moscow, lequel, incontinent après son entrée triomphante dans ses murs, il avoit déjà rangé au nombre des villes, partie faisant de son Royaume de Pologne, Royaume qui bientôt, comme j'espère, servira à VOTRE MAJESTE IMPERIALE d'indemnité, plus ou moins proportionnée, aux frais énormes d'une guerre aussi injuste, et comme une compensation bien légitime de tant de ravages, d'horreurs, et d'indignités par lui commises, tant dans Moscow, que dans ses environs; et, par ainsi, deviendra une annexe, et une addition considérable au vaste Empire de toutes les Russies.

Une autre raison, SIRE, qui fait espérer à l'Auteur que VOTRE MAJESTE IMPERIALE ne dédaignera pas la très-humble Dédicace qu'il se permet de Lui faire de sa NOUVELLE JERUSALEM DELIVREE, c'est qu'il n'est, en ceci, que le foible Organe des sentimens de toutes les Nations, pour la cause de la Russie, qu'il n'est que l'écho fidèle des vœux ardens que ces mêmes Nations ne cessent de faire, pour la prospérité des armes DE VO- TRE DITE MAJESTE IMPERIALE, et, en même- temps, l'écho fidèle des actions de grâce non interrom- pues qu'elles adressent, jour et nuit, au Dieu des armées, à l'occasion du glorieux événement de l'heureuse, et prompte delivrance de Moscow, qu'on peut regarder comme un augure des plus favorables, que dis-je? comme un prélude assuré non-seulement à la delivrance pro- chaine de la Russie, de l'Espagne, et du Portugal, mais encore à celles de l'Europe entière, et de toutes les Na- tions qui la composent, lesquelles encouragées par les succès, à jamais memorables, des armes de VOTRE MA- JESTE IMPERIALE solliciteront elles-mêmes près leurs SOUVERAINS respectifs, et les efforts, et la fermeté du SOUVERAIN de la Russie, pour enfin se voir, un jour, également affranchies du joug oppressif sous lequel elles gémissent! joug sous lequel le François lui-même, au- jourd'hui aussi las de sa dure captivité que l'étoient les infortunés Juifs, sous la chaîne de l'infâme Nabuchodo- nosor, a gémi depuis vingt ans, et plus, sans, pour ainsi dire, oser se plaindre, mais qui dans ce moment, à la veille de renverser le colosse, et l'usurpateur, redemande à corps et à cris ses Rois légitimes, jadis si chers à son cœur, bien convaincu qu'il est, qu'il n'y aura de paix, et de tranquillité pour lui qu'à l'époque désirée de son heu- reux retour en France.... Fiat !!! Fiat !!!

Que si cette humble Dédicace a le bonheur de distraire un instant VOTRE MAJESTE IMPERIALE, l'Auteur DE LA NOUVELLE JERUSALEM DELIVREE, ne cessera de s'écrier, du fond de son âme exaltée, avec l'Auteur des BEATITUDES: Bienheureux les pauvres d'es- prit ! Beati pauperes spiritu ! CANONICUS HUMBLET.

L'Auteur prend la confiance de joindre à son Epître un IMPROMPTU de sa façon, à l'occasion des propo-

sitions de paix, faites par le destructeur de Moscow, à
S. M. I.!!!

LA PAIX DE MOSCOW!!!

Destructeur et tyran, oui, maître de Moscow,*
Tu pensois dévorer *et la chèvre, et le chou!!!*
Intimider le Russe, et forcer Alexandre,
A racheter Moscow que tu venois de prendre,†
Mais ferme en ses projets, à l'abri de tes coups,
Il méprise *ta paix,* il brave ton courroux,
Et, bientôt, sous l'appui d'un Dieu juste, et propice,
(A Pluton de ta peau l'on doit un sacrifice,)
Oui, j'ose l'augurer, traître, tu sentiras
Et tout le fiel du sien, et le poids de son bras.‡

LE CHANOINE HUMBLET.

* *S'entend le pillage et la rançon de cette ville, conséquemment de la partie de l'Empire Russe qu'il avoit déjà envahie, laquelle rançon, ainsi que celle de Vienne, le trop maudit usurier
n'auroit pas manqué de faire monter (au plus raisonnable,) à la
somme insignifiante de 30 millions de roubles!!! Somme que,
sur le refus d'Alexandre, l'hydre impitoyable auroit, bien volon-
tiers, compté lui-même, pour obtenir de S. M. I. la grâce de se
retirer sans molestation aucune, les pertes incalculables qu'il a
faites, en hommes, en chevaux, en bouches à feu, en caissons,
trains d'artillerie, pontons, caisses militaires, &c. &c. &c. al-
lant bien au delà de cette somme; pain béni, pain béni, et preuve
terrible et bien convaincante de l'instabilité de la fortune dont il
se glorifioit d'être l'enfant gâté, et le favori par excellence!!!*

† *Au plus souvent, aussi inconséquent dans ce qu'il entre-
prend que dans ce qu'il avance, il s'étoit, vraisemblablement,
figuré que S. M. l'Empereur de Russie, auroit perdu de vue
une vérité que, nombre de fois, il avoit prêché à ses soldats,
savoir: Qu'une Nation qui combat pour sa liberté est invincible,
et que cette vérité incontestable ne tomboit ni sur les Portugais,
ni sur les Espagnols, ni sur les intrépides habitans de la Russie,
appuyant, indubitablement, et ses espérances, et sa crédulité sur
le proverbe latin qui dit: nulla regula sine exceptione, point de
règle sans exception; mais et les Portugais, et les Espagnols, et
les soldats peu complaisans de ce dernier Empire lui ayant bien
évidemment prouvé le contraire, le trop confident Napoléon, ter-
rassé, humilié, comme il l'est, sera bien éloigné, à son retour en
France (si toute fois il a le bonheur d'y rentrer,) d'aller annoncer, à grand bruit, à ses esclaves effarouchés, le Veni, Vidi,
Vici!!! malheureusement pour lui que les glaces de Russie n'ont
pas été aussi complaisantes que celles de Hollande, auxquelles,
comme on sait, il dut la conquête de ce Pays.*

‡ *Le Pronostic s'est heureusement, vérifié, de la manière la
plus éclattante.*

INTRODUCTION.

LORS *du premier pied au cu*, également donné par un Guerrier Britannique au grand Roi JOSEPH, en l'an 1808, que l'Auteur du présent Ouvrage s'avisa de mettre en vers, dans un IMPROMPTU de sa façon, ainsi intitulé, et tel que dessous, qu'il rendit d'abord public, par la voie *du Morning Post,* et qu'ensuite il inséra dans sa petite production de l'année suivante (Janvier 1809) ayant pour titre *la Convention de Cintra,* ou *Lamentations de* JOHN BULL, ainsi que peuvent le revoir les Seigneurs et Dames qui veulent bien l'honorer de leur gracieuse souscription ; oui, lors *de ce premier pied au cu,* ledit Auteur s'étoit attendu, et les bons habitans de Madrid ainsi que l'Europe entière s'étoient attendu de même, que le Roi JOSEPH affecté *d'une manière aussi brusque et aussi impolie* de congédier, de se défaire de quelqu'un, se piqueroit d'honneur, et regardant *du haut des épaules* un peuple qui ne sentoit ni son bonheur, ni sa prospérité future ! ! ! se détermineroit enfin à lâcher prise, et à abandonner les Espagnols à leur mauvais sort ! ! ! surtout que *cet acte de fait,* commis à la face de l'univers, avoit été regardé par les *Buonapartistes* de tous les pays comme *un acte de fait le plus révoltant, comme un attentat, un crime de Lèze-Majesté ! ! !* dans la personne d'un potentat d'ancienne race ! ! ! qui, tout-à-coup *planté* sur un trône étranger, sur un trône tout autre que celui de *ses bons aïeux ! ! !* savoit au fond de son âme, et reconnoissoit même n'avoir d'autre titre à celui d'Espagne que *la loi du plus fort,* et l'appui terrifique d'un premier usurpateur.

Mais ledit *pied au cu,* bien loin d'avoir d'aussi heureux effets, d'avoir les suites mentionnées ci-dessus, celles enfin auxquelles, comme dit est, l'Auteur, les Espagnols, et l'Europe entière s'étoient, trop présomptueusement, attendu, c'est-à-dire, LA DÉLIVRANCE *entière et durable* DE NOTRE NOUVELLE JERUSALEM, *délivrance,* hélas ! qui, comme on sait, ne fut, malheureusement,

que momentanée, on vit bientôt le Roi JOSEPH prendre
le dessus, secouer les oreilles, et peu sensible à l'affront
qu'il avoit reçu, comme aux démonstrations de joie que
Madrid avoit généralement manifestée, à cette occasion,
retrograder, reparoître dans ses murs, et tel un lièvre
gauchement chassé, foiblement poursuivi par des chiens
novices, venir *se replotter dans sa forme*, et plus fier,
plus resplendissant que la première fois, briller d'un éclat
nouveau.   Que dis-je ? y déployer tout l'appareil, toute
la pompe, et toute la magnificence que déployoient nos
anciens héros Romains, lorsqu'après quelque victoire signalée, ou quelque action mémorable, on les conduisoit
au Capitole sur un char couvert de fleurs et de lauriers,
aux acclamations redoublées d'un peuple innombrable et
reconnoissant.

  Maintenant que *le second*, et comme on a tout lieu de
croire, et d'espérer, *le dernier, et le consommatif pied au
cu*, aussi serrément lui appliqué par le Lord Wellington, est, sans comparaison, d'une nature bien plus im-
pérative, et bien plus persuasive, conséquemment bien
plus propre à inspirer avec la honte et la confusion, le désespoir et le dégoût, il me semble qu'en toute assurance,
et sans que la présomption y entre, pour quelque chose,
on peut s'attendre que le Roi JOSEPH, fatigué par autant de *bourasques*, et de *traitemens malhonnétes*, rap-
pelant à soi toute sa grandeur d'âme, et sa philosophie
finira par se venger des Espagnols de la même manière
que se vengea Alexandre-le-Grand du Roi Porus, après
l'avoir combattu avec autant de courage que d'opiniâtreté,
c'est-à-dire, qu'il laissera les bons Espagnols tranquilles et
paisibles possesseurs de leur Capitale, et de leur liberté,
comme fut, généreusement, laissé tranquille et paisible
possesseur de ses Etats le Roi Porus, par ce Conquérant
magnanime, sur les traces duquel son double frère, frère à
titre de Roi ! ! ! et frère à titre d'enfans des mêmes père
et mère, s'efforce, et fait gloire de marcher, mais, Dieu le
sait, par une route bien différente ! ! !

  Que si contre toute espérance, le roi JOSEPH venoit
à s'obstiner, venoit à afficher un front d'insolence et *d'im-
pudeur* (quoique, selon moi, la guerre qu'il fait mine de
continuer aujourd'hui, ne soit qu'une guerre d'opiniâtreté,
qu'une guerre plutôt inspirée par le respect humain, et
par la vengeance, que par le motif de reconquérir) et

finalement qu'il lui arrivât de retrograder de nouveau, et de reposséder, pour la seconde fois, notre *nouvelle* JE-RUSALEM DELIVREE, tout ainsi que *l'ancienne* fut repossédée, pour la seconde fois, après un siège de six mois, par l'infâme Nabucodonosor, puisse-t-il, ah ! oui, puisse-t-il se garder d'imiter l'exemple de cet homme monstrueux que l'histoire nous dit avoir été changé en *bête*, et bien loin de piller de nouveau, et de ruiner de fond en comble, comme le fut *Jerusalem* par ce Roi barbare, une ville qui n'a cherché que SA DELIVRANCE et sa liberté, sans jamais avoir attenté à ses jours glorieux ! puisse-t-il, encore un coup, la traiter avec plus de clémence, plus de circonspection, et, surtout, avec cette reconnoissance que doivent lui inspirer, et auroient déjà dû, auparavant, lui avoir inspirée, les bienfaits sans nombre et de toute espèce, dont ses armées, et les armées de l'usurpateur universel avoient été comblées, précédemment, par les bons, les généreux habitans de Madrid, et par ainsi, tout de même que le père à l'enfant prodigue, leur ouvrir, leur tendre les bras, et enfin, fermer les yeux sur leurs iniquités passées ! ! ! aussi bien que sur la joie qu'ils ont fait éclater à sa retraite précipitée, à la suite *du pied au cu du Lord Wellington.*

　　S'ensuit l'IMPROMPTU *susmentionnné,*

SUR LE PIED AU CU DE MADRID,
En 1808.

　　Qu'il fut plaisant de voir
　Le frère au grand Napoléon ! ! !
　Avec pompe, en Monarque, arriver en Espagne,
　Et en vrai pénitent, en fiefé fripon,
　　　　Le cœur rongé de désespoir
　Soudain quitter ce pays de Cocagne ;
　Mais surtout de le voir, à grands coups d'éperon,
　　　　　Remonté sur sa bête,
　Pour se soustraire aux coups qui menaçoient sa tête ;
　(Et tel enfin doit être le sort de tout intru)
　En lui pressant les flancs, regagner la campagne,
　　　　　　　　La Pêle au Cu.

LA NOUVELLE JERUSALEM DÉLIVRÉE,

ou

LE SECOND, ET DERNIER PIED AU CU
DE MADRID, &c.

———

TEL un vaisseau, dans un temps calme et serein, fendant tranquillement les ondes, et marchant à pleines voiles, vers le lieu de sa destination, sous les auspices et le bon plaisir du Dieu de l'Elément, c'est-à-dire, avec des vents tels que peut les désirer un pilote attaché au sort des individus qu'il a sur son bord, autant qu'au sien propre ; tel, à certains petits abus près, toujours inséparables même des Gouvernemens les plus doux et les mieux organisés (abus hélas ! auxquels, au plus souvent, le Souverain n'avoit point de part,) la grande machine, sous le bon vouloir, et la protection des Cieux, sous l'aîle de la concorde, de la franchise, et de la bonne foi, à la suite des traités d'alliance, et de paix, marchoit, alloit paisiblement son train ; tous ses ressorts, des plus grands aux plus petits, jouoient, se mouvoient régulièrement, au gré des souhaits des Souverains comme des différentes Nations qui la composent, et dont chacune, sous la sauvegarde des loix, et des réglemens les plus salutaires, sous la conduite et la direction, hélas ! si amèrement regrettées de son bienfaisant pilote, de son Monarque, ou Prince respectif, donnoit libre cours à ses talens, à son industrie, à son commerce, en un mot, à tout ce qui avoit rapport aux différentes manufactures, qui toutes, dans ce temps-là, étoient des plus florissantes.

L'empire Ottoman, depuis JOSEPH, grâce aux bons offices de FREDERIC le Grand.* (Ah ! s'il étoit encore de

———

* Le lecteur voudra bien se rappeller ici que, lorsque le grand Laudon pressoit vivement les Turcs, pour lors en guerre avec ce Monarque, et dirigeoit sa marche sur Constantinople, dont il n'étoit alors qu'à bien peu de distance, ce grand politique qui

ce monde, que ne diroit pas ce fameux guerrier ? et comment, comment ne feroit-il pas jouer son vieux bras, ce bras si accoutumé à vaincre, et à conquérir, sur l'avorton remuant, et insatiable qui a si indignement subjugué son empire, cet empire, sous lui, si florissant! et détruit, d'un seul coup de hache, l'ouvrage de tant de spéculations, et de tant de campagnes ?) L'empire Ottoman, dis-je, depuis JOSEPH, étoit en paix avec ceux d'Allemagne, et de Russie, tous les trois étoient dans la meilleure intelligence entre eux, ainsi qu'avec la Grande Bretagne, la France, et le reste des puissances Européennes, surtout les relations de ces deux dernières n'avoient jamais été ni plus amicales, ni plus étroites.

---

prévoyoit que l'aggrandissement de JOSEPH ne pourroit, tôt ou tard, ou bien que devenir un obstacle à ses projets, ou bien même funeste à ses états, lui fit demander par son ambassadeur à la Cour de Vienne : *jusqu'où il prétendoit pousser ses conquêtes ?....* C'en fut assez dire, JOSEPH sentit bien le parti qu'il y avoit à prendre, dans cette occurrence, et bientôt après, des arrangemens eurent lieu entre la Porte et l'Autriche, et la paix s'ensuivit immédiatement ; une anecdote assez singulière de la part de FREDERICK, c'est qu'il avoit fait placer, dans tous ses appartemens de Postdam le portrait de JOSEPH II. quelqu'un s'étant permis de lui demander *pourquoi ce monarque se reproduisoit ainsi par tout ?*—*C'est*, répondit le Roi, *que JOSEPH II. est jeune, et remuant, je ne veux pas le perdre de vûe.*

JOSEPH II, comme on sait, avoit dès son avénément au trône, dressé de grands plans, formé de grands projets, plans et projets qui, en miniature, se rapprochoient beaucoup de ceux de Buonaparte ; mais JOSEPH II. qui n'avoit ni les talens, ni les vertus, ni les ressources, ni enfin la noble et généreuse manière de penser, et d'agir des Napoléons, encore moins celle de savoir se captiver, comme eux l'amour et l'affection des nations, des différens peuples de l'Europe!!! ne prévit que trop et les grands obstacles qu'il auroit à combattre, et les risques qu'il y avoit à courir dans une carrière aussi vaste, et aussi étendue, se détermina, bien prudemment, après quelques tentatives, de rengaîner, sans bruit, son épée, et ses projets, lesquels Buonaparte, plus hardi, plus entreprenant, et surtout plus insouciant de la vie et du sang de ses sujets, a cru devoir suivre, et lesquels il a suivis, en effet, les a exécutés, et consommés tels qu'ils existent aujourd'hui sous nos yeux, et d'une manière même au delà de ses vûes, et de ses espérances : *Audaces fortuna juvat !!!*

La Prusse, le Dannemarck, la Suède, la Sardaigne, l'Espagne, le Portugal, le Royaume de Naples, en un mot, l'Italie entière, étoient en paix ; et le Vatican, dont les foudres, depuis un infinité d'années, dormoient profondément, n'avoit, de temps immémorial, anathématisé aucun individu, quand naguères, il s'est vit obligé de réveiller ces mêmes foudres, et de les lancer sur un monstre qui se croit bien au-dessus du reste des mortels, et qui se dit, à voix basse, au fond de son cœur impie : *Quis ut Deus ? . . . . dixit enim impius in corde suo : non est Deus !!!* Le Vatican, dis-je, au sein du repos et de la tranquillité la plus parfaite, distribuoit, et ses Bulles, et ses Indulgences, et ses Bénédictions, à son gré, et sans contrainte aucune, conformément à ses anciens droits, et prérogatives, jouissant de l'estime, et de la considération de toutes les Têtes couronnées.

Il en étoit de même avec la Hollande et les Pays-Bas (si nous exceptons la guerre risible et momentannée des moines, pour lors, aussi riches, et aussi nombreux, qu'ils furent revêches et opiniâtres dans leur rebellion contre le meilleur des Souverains, l'Empereur FRAN-COIS glorieusement regnant) il en étoit de même avec les Suisses, les Grisons, et les Cercles, tous aujourd'hui réduits sous le joug commun ; de même enfin avec l'Amérique, cette insolente, et harnieuse Amérique, laquelle à l'instigation d'un misérable qui voudroit déjà la voir engloutie, ou plutôt la tenir dans ses serres,* n'a pas craint de déclarer la guerre à sa ci-devant mère-patrie, dont bientôt elle a reçu plus d'une leçon salutaire ; de sorte que tous ces Royaumes, toutes ces Contrées et Républiques jouissoient du plus doux, du plus grand, et du plus désirable de tous les biens, celui de la concorde, de l'harmonie, et de la bonne intelligence.

Toutes les flottes ainsi que toutes les flottilles de ces différents Gouvernemens, chacune sous son pavillon respectif, parcouroient les mers du Levant au Couchant,

---

* Mr. le Président des Etats d'Amérique devroit ici se rappeller les propos que tint, un jour en pleine assemblée, son cher Napoléon : *Toutes ces Républiques,* dit-il, *me portent ombrage, et s'il ne dépendoit que de moi, j'en aurois bientôt fini avec elles ;* il a tenu sa parole, relativement à certaines, et si jamais il pouvoit mordre à l'Amérique, le drôle ne manqueroit pas son coup.

sans qu'elles rencontrâssent le plus léger obstacle, ex-
ceptés toutefois ceux qui ont existé de tout temps, c'est-
à-dire les obstacles des éternels et impitoyables pirates
d'Alger, de Tunis, et de Tripoli ; conséquemment toutes
ces flottes, et toutes ces flottilles voguoient à peu près à
leur guise, et au gré de leurs désirs, comme aussi au
gré des souhaits des nations mêmes les plus éloignées ;
mais celles de la Grande Bretagne qui, dans tous les
temps, comme dans toutes les circonstances, ont constamment développé une prééminence reconnue, et une
supériorité exclusive, soit en paix, soit en guerre,
n'avoient pas, seulement, comme on sait, cet avantage
sur toutes les autres, ce qu'après l'orage, malgré les dents
affilées du hydre destructeur, elle continuera à avoir
plus que jamais, mais encore celui de jouir de la confiance, et de l'estime générale, et des Européens et des
Afriquains, et des peuples de l'Asie et de l'Amérique,
ou pour mieux dire de celle de mille autres peuples, ou
plus ou moins connus, ou plus ou moins florissans, chez
qui, jusqu'au sein de leurs capitales, elles amenoient tout
ce qui pouvoit irriter leurs désirs, et par là faisoient cir-
culer les espèces, traînoient à leur suite et l'abondance et
la richesse.

Hélas ! ils ne sont plus ces temps fortunés, et trop
dignes de nos regrets, temps que toutes les nations, sans
en excepter une seule, se rappèlent d'autant plus amèrement que ceux d'aujourd'hui leur font sentir, au-delà de
toute expression, le vuide immense qui se trouve parmi
elles, soit par rapport à la rareté, ou plutôt, au tarisse-
ment total des finances parmi les Souverains, soit par la
stérilité du numéraire parmi leurs sujets, soit enfin par
les privations excessives de toutes espèces, auxquelles les
uns et les autres sont réduits et condamnés.

Sans chercher bien loin la cause et l'origine de ces privations, la cause et l'origine de ce bouleversement universel qui, depuis vingt ans et plus, a mis tout en désordre,
tout en confusion, occasionné les guerres les plus désastreuses, et les plus sanglantes, entraîné à sa suite les assassinats, les meurtres, les rapines, les empoisonnemens,
les violations et les sacrilèges, enfin tous les maux ren-
fermés dans la trop exécrable boîte de Pandore !!! L'on
trouvera d'abord que c'est à la révolution Françoise que
toutes ces parties du globe en sont redevables !!!

La désorganization des finances de ce puissant Empire à quelle cause qu'on l'attribue, en fut une première ; le refus indigne et péremptoire du haut clergé de France de se charger de la dette nationale, ce qu'il pouvoit faire, sans se trouver extraordinairement obéré, en fut une seconde, et la décisive. *

Déjà depuis long-temps, le Clergé de France ne jouissoit plus de cet ascendant qu'il avoit jadis sur l'esprit du peuple, et ce refus finit par l'indisposer, et l'irriter au delà de tout ce qu'on peut en dire ; cependant, en vûe de suppléer à ce défaut, l'on crut que la convocation des états-généraux étoit un moyen sûr et infaillible de parer au vuide énorme de ces mêmes finances, et de prévenir une catastrophe qui déjà commençoit à se laisser entrevoir.

On sait quelle en fut l'issue ; ces Messieurs, au lieu de frapper immédiatement, et directement au but, au lieu

---

* Le revenu annuel du Clergé, soit en France, soit dans les Pays-Bas, en Italie, en Espagne, et généralement dans toute la Chrétienneté, consistoit dans la onzième partie des biens fonds, sous la dénomination *de dixmes*, qui, pour l'ordinaire, se vendoient au plus offrant, et dernier enchérisseur ; *ces dixmes* se collectoient sur les lieux par les repreneurs ; elles s'étendoient sur toutes les productions de la terre, comme aussi sur le bétail de toute espèce, et sans exception ; ainsi jusqu'aux poulets, canards, oisons et dindonneaux étoient dîmés, c'est ce qui s'appeloit *la petite dixme ; la grosse dixme* comprenoit en général le froment, le bled, le siègle, l'orge, l'avoine et le reste, de même que toutes les différentes graines croissant en pleine campagne bien entendu, en un mot, comprenoit les vins, les huiles, les fruits, le bois, le foin, et la laine, &c. &c. Aussi certains plaisans ont-ils maintefois demandé pourquoi *la dixme* ne s'étendoit pas également sur les familles, dont *l'onzième enfant* passant en mains du Clergé, en auroit soulagé grand nombre dans toutes ces contrées. . . . Messieurs mes confrères, sourds sur cet article, se contentoient de donner au baptême, le nom de *Dieudonné* à l'onzième enfant, si c'étoit un garçon, et de *Dieudonnée*, si c'étoit une fille, et croyoient, par là, avoir satisfait à tout, ... Au reste, ceci à part, on peut voir, par ce tableau, que le *Clergé de France* qui, dans l'intervalle de deux lustres, se trouvoit, à peu de choses près, nanti de l'entier revenu du Royaume, auroit pu très-aisément payer en dix ou quinze années, la dette nationale ; ces Messieurs ont craint d'y laisser *un bras*, quantité **y** ont laissé *la tête*, et le reste leur liberté, et leur fortune.

d'empoigner, tout simplement, la matière, ne firent que
l'effleurer, que dis-je ? que l'embarrasser, que l'embrouil-
ler de plus en plus, en un mot, que plonger l'Etat dans
un labyrinthe plus affreux et plus allarmant que jamais, de
manière que la foible lueur d'espérance qui restoit encore
dans le cœur, et dans l'esprit des François, fut entièrement
éteinte ; et que le Monarque lui-même, à la fin impa-
tienté, totalement désespéré, se trouva dans l'obligation
de renvoyer, de congédier ces beaux messieurs, après
n'avoir fait que *de l'eau toute claire*, barbouillé, et souillé
à-peu-près autant de feuilles qu'il en existoit alors sur les
arbres touffus qui forment la grande allée des Tuilleries.

A cette époque, une haine ouverte, et un mépris souverain pour le Clergé, aussi bien que pour l'innocent
Monarque, éclata dans toutes les classes ; sarcasmes, li-
belles diffamatoires, chansons, et propos révoltans, se
faisoient entendre de toute part, les peintures et les cari-
catures les plus abominables se vendoient publiquement
dans toutes les boutiques, chez tous les marchands d'es-
tampes ; des appels au peuple, et des proclamations incendiaires s'affichoient, à chaque instant du jour, et au
Palais Royal, et aux Boulevards, et dans toutes les places
publiques de Paris.... *la poire étoit mûre, et l'arbre devoit tomber ;* l'instant est venu, les têtes se montent, la
bombe crève, et Paris en pleine révolution.... déjà
l'étendart sanglant a parcouru toutes les rues, et tous les
carrefours de cette misérable *Sodôme ;* on n'y entend plus
que le bruit assommant des tambours, le cliquetis hor-
rible des sabres et des bayonnettes, en un mot, les cris
effrayans de *Vive la Nation !!!* Ici commencent les meurtres et les assassinats de toute espèce, et à ce passage de
mon écriture, oui, j'en frissonne encore, hélas ! pour
avoir été témoin oculaire de toutes ces scènes d'horreur,
et n'avoir échappé moi-même du massacre général des
prêtres que par une espèce de miracle.

La Princesse de Lamballe, comme on sait, fut une des
premières sacrifiées, s'ensuivirent des milliers d'autres de
toute classe, de tout rang, et de toute condition, la
haine et la vengeance saisirent cette occasion pour as-
souvir sur leur ennemi privé, leur rage, et leur fureur,
de sorte que le chanvre, le fer, le feu, et les eaux, oui,
les eaux elles-mêmes eurent leurs victimes, trois cents
Chevaliers de l'Ordre royal et militaire de Saint-Louis,

désignés, pour lors, sous le nom de *chevaliers du poignard*, ayant été noyés, dans des souterrains, à l'aide des pompes à feu qu'on fit jouer jusqu'à l'entière et parfaite exécution du projet ; et bien peu après, le Roi, la Reine, et tout ce qu'on put recueillir de cette infortunée Famille emprisonnés, et mis à mort.

Cette secousse étoit trop terrible pour ne pas se faire sentir ailleurs qu'en France, aussi de degré en degré, se communiqua-t-elle bientôt aux Contrées les plus voisines, ensuite gagna dans certain royaume, dans certaine république ; et finit enfin par faire les ravages qui ont eu lieu jusqu'à ce jour, et continuent, malheureusement, à avoir lieu, sans parler de la Russie, en Espagne et en Portugal : je reviens sur mes pas.

Bientôt un millier de monstres, sous le nom d'*Assemblée Nationale*, parut sur l'horison, et se saisit des rênes du gouvernement ; nouveaux crimes, nouvelles victimes ; à ces monstres en succèdent d'autres plus cruels et plus sanguinaires encore, c'est-à-dire, *la Convention ;* ici commence le règne de Robespierre, et chaque jour, ou plutôt à chaque instant du jour, derechef, d'innombrables et d'innocentes victimes expirent sous le couteau meurtrier de l'instrument national ; lui-même, à la fin, y laisse sa tête criminelle : sous lui, assassins et assassinés, tour à tour, la plûpart de ses collègues avoient éprouvé le même sort ; ils étoient à s'entretuer, à s'entregorger les uns les autres, quand, au moment qu'ils s'y attendoient le moins, le plus grand de tous les monstres parut au sein de l'Assemblée (tel Cromwell jadis) à la tête d'une satellite choisie, et sans autre forme de procès, leur dit, d'un ton décisif, *de s'en aller, que leur règne étoit fini...* Parti qu'ils crurent ne devoir pas tarder à prendre, de sorte qu'ayant ainsi dispersé tous ces cannibales, il prit le dessus, s'érigea en maître, et, à la fin, de *Consul, Empereur,* et *Roi,* tout ainsi que Robespierre, il commença son règne de sang, et donna libre carrière à tous les crimes, à toutes les atrocités que peuvent suggérer et la haine, et la vengeance, et l'ambition la plus insatiable.

Bref, il avoit déjà culbuté quantité d'Empires, de Principautés et de républiques, par le fer et le feu, que l'Espagne et le Portugal qu'il avoit couché en joue, et qu'il caressoit en secret, n'avoient pas encore absolument senti le poids de ses chaînes ; il avoit ménagé, en quelque sorte, ces deux Souverainetés, dont il réservoit l'acquisition à la trâme, et à la perfidie, quand les choses en seroient venues au point où il désiroit les amener.

Comme il seroit inutile, en traitant cette matière, d'entrer, comme j'ai fait, en traitant celle de France, dont elle est un dérivé, dans de longs détails respectivement à la guerre, qui depuis l'exécution de son projet n'a cessé de désoler ces deux infortunés Empires (les différentes circonstances qui l'ont accompagnées étant toute récentes et toute fraîches à la mémoire) nous nous contenterons de dire que cet homme monstrueux, après avoir cajolé en secret, séduit et corrompu le Prince de Paix, et par son organe, et ses sourdes menées, attiré dans ses filets le bon, le confident CARLOS, il croyoit avoir tout fait, tout gagné, avoir conquis l'Espagne, assujetti la nation, en un mot, il se figuroit déjà être maître et Roi despotique de cette grande et belle portion de territoire que nous appelons presqu'île, ou péninsule, et, à la fin, réunir à ses titres pompeux *d'Empereur des François et Roi d'Italie !!!* le beau titre de Roi d'Espagne !!!

Je dis *à la fin,* parceque je crois bien pieusement, que le Roi Joseph, en Espagne, ainsi que son cher frère, en Hollande, ne remplissoit le trône que par *interim,* ou *pro tempore,* et que le GRAND DISPENSATEUR des Couronnes auroit fini par déclarer l'Espagne et le Portugal partie faisant *du* GRAND EMPIRE !!!

Quant aux ressorts de toute espèce que le traître fit jouer pour y attirer le Prince Régent de Portugal, on n'ignore pas comment l'Angleterre, sa fidèle et constante alliée, les rendit inutiles, et combien heureux s'estime, et se répute aujourd'hui ce digne et vertueux Prince d'avoir, à la suite de ses bons avis, et de ses représentations, échappé, par une fuite précipitée, et dans le moment où il n'y avoit plus à s'en dédire, à la barbarie de son pouvoir, et d'une tyrannie telle qu'il n'en existe point d'exemple dans les annales de l'histoire.

Ces projets gigantesques, qu'en secret il avoit roulés depuis long-temps dans son crâne ambitieux, et dont il croyoit devoir trouver un complaisant fauteur, un chaud partisan dans son ministre par excellence, l'apostat de Talleyrand Périgord, lequel, dans toutes les circonstances précédentes, avoit été, ce qu'on appele *sa cheville-ou-vrière,* ces projets, dis-je, qu'il lui avoit cachés, pendant un certain temps, lui ayant été finalement communiqués, bien loin de recevoir sa sanction, et son appui, en furent d'abord, contre toute attente, fortement désapprouvés, et ensuite vivement combattus et rejetés, alléguant, à ce sujet, les raisons les plus fortes et les plus propres à persuader tout autre qu'un Buonaparte aveuglé, lequel, si l'on excepte *l'invasion d'Angleterre !!!* ne voit rien d'impossible dans tout ce qu'il a conçu, et déterminé.

Cette opposition de la part de Talleyrand lui valut de suite, comme personne n'ignore, un refroidissement marqué de la part de son ingrat et obstiné maître, et bientôt, une disgrâce complète : je dis *ingrat*, parceque Talleyrand, par sa manière d'entreprendre et de diriger les choses, par ses moyens et ses avis, a, sans doute, plus contribué à son élévation, que n'ont fait ses armes et ses armées, son propre génie, et ses propres ressources ; car on ne peut disconvenir que Talleyrand ne fut, peut-être, l'homme le plus adroit et le plus futé de toute la France, dans la partie de la haute politique, et le seul qui pût aller de pair avec notre immortel Pitt, s'il eut eu son caractère, sa manière de penser, et ses qualités personnelles, mais quelle différence entre ces deux ministres ! ! !

Pitt, comme on sait, éternellement, et inviolablement attaché à son Souverain comme au Gouvernement, et digne, hélas ! d'une carrière de plus longue durée, devint, à la fleur de son âge, une victime généreuse de son zèle et de ses travaux pour les intérêts du Monarque et de la Monarchie ; tandis que l'autre, le plus criminel et le plus abominable des hommes (eh ! que peut-on attendre d'un renegat au premier chef ?) ne balança pas, dès le premier instant de la révolution, de se déclarer du parti des rebelles, et de trahir et son Roi et la Royauté, au point d'avoir eu plus de part qu'aucun autre, à tous les decrets incendiaires que la monstrueuse assemblée de ces antropophages ne cessoient de vomir contre son infortuné bienfaiteur, Louis XVI. auquel ce monstre étoit redevable de sa fortune, et de son élévation à l'Evêché d'Autun, comme à son Abbaye Commendataire de Saint Denys, et sur la mort de Qui, s'il ne la vota pas explicitement, il eut néanmoins la plus grande influence, par l'expression dont il se servit, quand son tour d'exprimer ses sentimens, fut arrivé : *Ecclesia horret a sanguine* ; l'église, dit-il, a horreur du sang ; s'imaginant, par là, avoir sauvé les apparences, et, peut-être, avoir ménagé *la chèvre et le chou*, tandis qu'en parlant *de sang*, il donnoit à entendre qu'il demandoit *du sang !!!*

Néanmoins, tout monstrueux et tout abominable que Talleyrand doive paroître aux yeux de l'univers, on ne peut disconvenir que relativement à l'invasion de l'Espagne et du Portugal, sa politique ne fut des plus sensées, ses conseils sages et prudens, et des conseils à suivre ; j'ignore si, dans ce moment, le colosse, au fond de son âme endurcie, lui rend justice, ou non, mais combien amers ses regrets ne doivent-ils pas être ? de combien de honte et de confusion ne doit-il pas être pénétré, à l'aspect de la tournure qu'ont prise les affaires dans l'un et l'autre de ces deux Royaumes, *resurgentes tamquam ex cineribus*, à-peu-près ressuscités de leurs cendres ! !!

Le bon, l'entêté Napoléon se livrant tout entier aux impulsions de sa bonhomie, n'avoit d'abord vu dans les Espagnols, comme dans les Portugais, que des peuples moux et efféminés, des peuples superstitieux d'ailleurs ; il n'avoit vu dans eux que des hommes sans vigueur, sans courage, et sans énergie ; *qui*, comme il disoit, *mettoient toute leur confiance dans leurs Saints, et dans leurs images*, tandis que lui ne plaçoit la sienne que dans ses mortiers et ses canons, conséquemment, *des pèlerins*, ajoutoit-t-il, *qui ne leur résisteroient pas long-temps !* Il s'étoit bêtement figuré que les Espagnols, ainsi que les Portugais, pour éviter une guerre, qui, en cas de résistance et d'opiniâtreté, devoit être une guerre destructive, et des plus meurtrières, seroient trop heureux, après quelques bourrades, et quelques-uns d'entre eux éventrés, couchés par terre, d'implorer sa clémence !!! et d'obtenir leur pardon, trop heureux de soumettre, *en enfans d'obéissance*, leurs têtes dociles au joug, qui, d'après ses promesses les plus sacrées ! ! ! et ses protestations les plus solemnelles ! ! ! devoit être le joug le plus doux, le plus léger, conséquemment, le plus heureux et le plus désirable des jougs ; un joug, en un mot, semblable à celui du Sauveur du monde, lorsqu'il invite le pécheur à revenir à lui, *jugum enim meum suave est et leve ;* en reconnoissance, disoit-il, des bienfaits que les deux nations avoient si généralement, et si abondamment répandus, tant sur les Officiers que sur les soldats de ses armées d'Espagne et de Portugal (aujourd'hui, leurs meurtriers les plus inexorables ! ! !),

ou plutôt comme une récompense bien juste, et bien méritée pour les services rendus, c'est-à-dire, pour les sa-
crifices de toute espèce faits à lui-même par ces nations,
soit en argent, soit en fournitures, soit en munitions de
guerre et de bouche, &c. &c.

Mais les Espagnols et les Portugais qui, aux dépens
des autres, avoient appris à connoître et l'original et ses
ruses, bien loin *de mordre à l'hameçon*, bien loin de se
laisser surprendre, et éblouir par de promesses aussi spé-
cieuses, commencèrent à secouer la tête, à boucher leurs
oreilles, et bientôt *à lui montrer les dents ;* ils connoissoient
trop sa bonne foi ! sa religion ! et son exactitude à les
remplir ! pour se laisser séduire à leurs appas trompeurs,
comme avoient fait quantité d'autres peuples ; ils avoient
sous les yeux des exemples trop frappans de sa manière
d'agir ; ils avoient vu la conduite abominable qu'il avoit
tenue à l'égard du Souverain Pontife, après que ce saint
vieillard, assiégé par ses instances, avoit eu la condes-
cendance, ou plutôt la foiblesse, d'aller placer à Paris,
sur son chef criminel, les couronnes de Charlemagne
et de Saint Louis, sans trop réfléchir que, nonobstant
les grandes espérances qu'il lui avoit fait concevoir,
pour le bien de son Église, il alloit se donner, dans *son*
cher fils en Dieu ! un maître, un tyran, et un usurpateur indigne, non-seulement de sa capitale et de ses états,
mais encore de ses droits, de ses prérogatives, et de ses
privilèges les plus sacrés ! ! ! Les Espagnols et les Portugais avoient vu comment il en avoit agi avec les états
du Roi de Naples, et avec le Roi de Naples lui-même ; ils
avoient été témoins oculaires de sa haute perfidie envers
le Roi et la Famille Royale d'Espagne ; comment il avoit
traité le Landgrave de Hesse-Cassel, après avoir reconnu
et signé, de sa propre main, la neutralité de la Hesse ;
ils étoient au courant de tout ce qui s'étoit passé en Suisse,
et chez les Grisons, en Hollande, dans les Pays-Bas, dans
le Duché de Limbourg, le Comté de Namur, et la Prin-
cipauté de Liège ; ils connoissoient ses procédés infâmes,
et sa lâche trahison respectivement à la Prusse, à la Russie, et à la Sardaigne ; avec quelle indignité surtout, et
quelle ingratitude il s'étoit conduit avec le bon, le religieux, et trop confident Roi Amédée, qu'il avoit eu le
talent d'endormir, et de déterminer à lui céder la possession immédiate de Turin, qui, selon lui, étoit non-seulement à sa bienséance, mais avoit une connexion insépa-

rable avec ses projets futurs, et avec ses intérêts ; possession qui ne devoit être que momentanée, et qui, depuis, n'a cessé de demeurer entre ses serres, et s'y trouve encore à l'heure qu'il est, sans qu'il se soit jamais mis en devoir de lui payer, pour sa subsistance et son entretien, les sommes dont ils étoient convenus.

Les Espagnols donc instruits, et révoltés à l'aspect de tant d'horreurs, et de supercheries, commencèrent, comme dit est, *à montrer les dents* au grand Empereur Napoléon !!! et puis *à mordre*, mais *à mordre* de manière que *leurs morsures*, semblables à celles d'un malheureux chien attaqué du mal de rage, sont devenues des morsures destructives, et incurables, et, en même temps, des morsures bien propres non-seulement à le faire revenir de ses faux préjugés, et de ses opinions erronées sur le compte des Espagnols et des Portugais, mais encore à le faire repentir du mépris ouvert qu'il avoit manifesté pour la sage et prévoyante politique du ministre disgracié.

Peut-être bien que, dans le principe, il s'étoit sottement figuré que la Grande-Bretagne, qui, selon lui, avoit *assez de fil à retordre chez elle*, dans les Indes, et sur les côtes, demeureroit spectatrice tranquille et insouciante sur son projet de conquête de l'Espagne et du Portugal, dans ce cas, bien décidément, la chose seroit devenue moins difficile, et assez vraisemblable ; mais, comment avoit-il pu se repaître d'une espérance aussi chimérique ?

Quoiqu'il en soit, M. Buonaparte ne fut pas long-temps à s'appercevoir qu'il s'étoit trompé, par les leçons salutaires que donnèrent bientôt, *à ses invincibles*, les novices, en fait de guerre, de l'Espagne et du Portugal, à la suite des traits de bravoure qu'ils déployèrent en différentes occasions ; ainsi le peu de monde qu'il avoit d'abord envoyé pour les combattre, et qu'il avoit cru plus que suffisant pour leur inspirer la terreur et l'obéissance, ayant été fondu, comme se fond un tas de neige, à l'ardeur d'un soleil brûlant, il se vit obligé de le remplacer par des forces plus considérables, et qui paroissoient correspondre à l'importance du projet, conséquemment devoir apporter un changement subit à la tournure des affaires qui étoient devenues des plus critiques (car telle commençoit-il à regarder la chose).

A la vérité, à l'arrivée de ce nouveau corps de troupes, composé de gens aguerris, et bien disciplinés, commandé

16

d'ailleurs par des généraux habiles, et des plus expéri-
mentés, les affaires commencèrent à changer de face, et à
offrir pour ses armes, un aspect plus favorable, qui d'a-
bord répandit l'alarme parmi les deux nations, et la cons-
ternation dans l'âme des personnes qui s'intéressoient à
la cause des Espagnols et des Portugais, au point que bien
des gens, même en Angleterre, commençoient déjà à dé-
sespérer de leur delivrance et de leur salut, mais surtout,
ceux qui, dès le principe, avoient prétendu, que *chercher
à s'opposer au projet* de Buonaparte, c'étoit vouloir opposer au torrent une foible digue, ou bien autrement dit,
vouloir prendre la lune avec les dents !!!

À la vérité, l'occupation de Lisbonne par ces brigands,
commandés par le fameux Général Junot (sous le titre
spécieux de *Duc d'Abrantès !!!*), et qui, comme on ne
l'ignore pas, après avoir eu un bras, ou un jambe em-
porté, dans une affaire assez sérieuse, à la suite de quoi il
est mort, visité qu'il fut, un peu auparavant, par Buonaparte, se mit de pleurer *comme une femme !!!* L'occupation, dis-je, de Lisbonne par ces brigands sous le Général Junot, avoit d'abord préludé à bien des spéculations,
et des pronostices défavorables à la cause Espagnole et
Portugaise, et joint à ceci, certains succès qu'ils avoient ob-
tenus dans la Péninsule, confirmoient les uns dans leur
appréhension, les autres dans leur désespoir, et les derniers dans leurs opinions, ou plutôt dans leurs assertions
erronées ; quand, tout-à-coup, les deux victoires immédiatement remportées, l'une après l'autre, par le héros
qui, dans ce moment, a fixé tous les regards, et attiré sur
lui l'admiration de l'Europe entière, et lequel, dans ma façon de voir la chose, je regarde comme devoir être, un jour,
le Sauveur, le Libérateur de cette même Europe ; quand
ces deux victoires, dis-je, commencèrent à laisser entrevoir
quelque lueur d'espérance, et d'une espérance d'autant
mieux fondée que, dès lors, on s'attendit aux plus
grandes choses des opérations futures du nouveau GÉ-
NÉRAL, aux succès duquel cette ville fut redevable de sa
delivrance, et de sa liberté, en vertu DE LA CON-
VENTION DE CINTRA, conclue et signée, contre le
gré du vainqueur, par le Général Dalrymple, malheureusement arrivé sur les lieux, au moment où tout alloit
se consommer à la plus grande satisfaction de JOHN
BULL, mais qui, furieux à la vûe des articles y conte-
nus, en murmura hautement, et se lamenta, comme on

sait, d'une manière à faire sentir au Général Dalrymple, et son mécontentement sur la transaction, et son peu de confiance, pour l'avenir, dans ses talens, et ses lumières. Le lecteur peut ici revoir l'Ouvrage de 1809, intitulé : *LA CONVENTION DE CINTRA, OU LES LA-MENTATIONS DE JOHN BULL DU MÊME AUTEUR,* dans le genre *DES LAMENTATIONS DE JÉRÉMIE.*

Aussi la chose fut-elle épluchée, tirée au clair, mais le Général Dalrymple, même d'après les dépositions de celui dont il venoit d'arrêter les progrès, étant acquitté, le résultat de l'affaire fut que le commandement lui ayant été retiré, *de plano,* il fut transmis de suite (grâce au discernement, et aux bons offices de S. A. R. Mgr. le Dus d'York) à son bienfaisant, et généreux Collègue, à la grande satisfaction des armées de S. M. comme de la Nation toute entière.

Dans l'entre-temps la crainte et l'espoir, soit en Es-pagne, soit en Portugal, s'accroissoient, ou se dimi-nuoient, en proportion des revers, ou des succès des uns et des autres, dans les contests multipliés qui eurent lieu, en différens temps ; de sorte qu'alternativement vainqueurs et vaincus, certaines positions alternativement prises et reprises, enfin quelques forteresses tantôt occu-pées par ceux-ci, et tantôt réoccupées par ceux-là, con-séquemment les deux armées, un jour s'avançant, un jour se retirant, selon que les circonstances le prescrivoient, les choses devenoient de jour à autre, et plus embrouil-lées, et plus incertaines, et plus indécises dans les deux Royaumes, lorsqu'enfin le blocus de Cadix, par messieurs les François, répandit, de nouveau, l'alarme, et la conster-nation dans le cœur *des rebelles !!!* comme il plaît à Mr. Buonaparte de les appeler ; les premiers au contraire, triomphant, par avance, c'est-à-dire, se livrant dabord entièrement à tout l'excès de leur présomption accoutu-mée, s'imaginoient déjà tenir Cadix entre leurs mains, et les bons habitans de Cadix sous leur férule impitoyable.

Bientôt on canonne, on bombarde, on somme, on me-nace, en un mot, on *fait le diable à quatre,* et finalement on cherche à le surprendre, mais Cadix ferme et sourd aux menaces, comme aux propositions insidieuses de l'ennemi, n'a des oreilles (tel Alexandre à celles du farouche *envahisseur* de Moscow lui offrant la paix) que

D

pour les mépriser, que pour braver ses assiégeans, les plus acharnés ; deux années et demie s'écoulent, et deux années et demie écoulées n'ont aucunement altéré, aucunement diminué, soit l'ardeur, soit la patience, soit la fidélité des habitans de Cadix envers leur Souverain légitime, et, après une laps de temps aussi considérable, Cadix est toujours Cadix, c'est-à-dire intact, et à-peu-près dans le même état, dans la même situation, aussi résolu, aussi inébranlable qu'il l'étoit au jour de son blocus.

Il en étoit ainsi de Cadix, et à Cadix, quand tout-à-coup, et au moment où Cadix s'y attendoit le moins, le bruit de la grande, et brillante victoire, ainsi que de la prise de SALAMANQUE s'y repandit, bruit qui ne tardant pas à prendre le caractère d'une vérité constatée, et reconnue, excita, parmi les habitans de cette ville, une joie qu'il est plus aisé de comprendre que de décrire.

Déjà leurs cris se sont fait entendre, déjà ils ont fait retentir et les cieux, et les mers, et les échos d'alentour, déjà ces cris ont frappé les oreilles abasourdies des assiégeans consternés, quoiqu'ignorans absolument et ce qui les occasionnoit, et de quelle cause ils procédoient.

Cependant un pressentiment de ce qui venoit d'arriver, s'empara, tout-à-coup, de leur cœur qui battoit à toute outrance, et bientôt au courant de tout, foudroyé, désespéré, on ne s'occupe plus que du soin de plier bagage, de battre au champ, et de se retirer ; la fureur, et la vengeance étoient peintes dans leurs yeux, et ici le LORD WELLINGTON fut béni, *Dieu sait comment !!!* Maintenant le grand embarras, l'embarras général étoit de savoir quel chemin enfiler, sur quel point se retirer avec moins d'inconvéniens, et de risques :

D'un côté, ils se représentoient des rassemblemens de gens de campagne acharnés à leur destruction, et affutés de toute part, à cet effet, sur leur passage ; de l'autre, des bataillons d'Espagnols, et de Portugais épars au loin, et en embuscade, pour tomber sus, au moment de leur approche ; à droite, des divisions Britanniques, pour les arrêter tout court, et les combattre, comme ils avoient fait leurs camarades dans les plaines de SALAMANQUE, et enfin à gauche, différens corps de cavalerie que le clairvoyant LORD pourroit avoir semés, et plantés, à-propos, soit pour les harrasser dans leur retraite, soit pour

la leur couper entièrement, soit enfin pour faire main basse
sur tout ce qu'ils traînoient à leur suite, et particulièrement sur ces énormes bouches à feu, mortiers et canons,
qui avoient si long-temps étourdi, menacé Cadix, et si
long-temps resserré, inquiété leurs frères d'armes dans
Cadix.

Tandis qu'à *tire de jambe*, ils s'acheminoient, *la pèle
au cu,* vers le point finalement déterminé, suivant la
route ordonnée, et jugée par un conseil de guerre tenu à
cet effet, la plus sûre et la moins sujette à être inquiétés,
SALAMANQUE, tout ainsi que Cadix, au comble du
bonheur, et de la joie la plus parfaite, s'abandonnoit, se
livroit à ses plus doux, à ses plus délicieux transports, et
l'armée victorieuse perdant de vûe et ses morts et ses
blessés, oubliant ses dangers, ses fatigues et ses travaux,
s'en dédommageoit amplement entre les bras des ma-
trones Espagnoles, et autres femmes de toute classe, et
de toute condition qui, sorties de murs de SALA-
MANQUE, étoient accourrues au devant d'elle, et qui,
comme à l'envi les unes des autres, serroient, pressoient
fortement contre leur sein d'albâtre, leurs généreux libé-
rateurs ; spectacle intéressant, s'il en fut jamais !!! non,
dans ce moment, cette armée victorieuse n'avoit de voix
que pour leur exprimer, le bonheur dont elle jouissoit
elle-même, à la vûe de leur delivrance, et de la faveur
signalée que le Tout-Puissant venoit de lui accorder dans
cette heureuse occurrence.

Dans l'entre-temps le Héros s'approche, il paroît,
hommes, femmes, enfants grands et petits, volent à sa
rencontre, c'est à qui le verra, le bénira le premier, des
milliers de vœux et de souhaits ardens, des milliers d'actions de grâces se font entendre à ses oreilles, son cœur
en est ému, il en est pénétré, attendri jusqu'aux larmes,
et ses larmes se confondent avec celles des habitans de
SALAMANQUE, ... sur le champ, tout ce qui est en
leur possession dans ce moment, est copieusement, in-
distinctement subministré au soldat, pain, vin, liqueurs,
boissons de toute espèce, viandes les plus exquises, vo-
lailles, gibiers, poissons, fruits, et macaroni leur sont ser-
vis, leur sont distribués, sans réserve. Tandis que toutes
ces scènes délicieuses, ces scènes attendrissantes se pas-
soient, dans les murs triomphans de SALAMANQUE,
notre nouveau Foudre de guerre (l'éclair ne fend pas plus

promptement la·nue) part, se porte sur Madrid; l'ennemi, non une Hyenne dévastatrice qui, pendant tout
l'hiver, a désolé une contrée quelconque, et échappé
cent fois aux recherches des habitans, mais aux trousses
de laquelle, enfin, l'on a mis vingt limiers ardens, acharnés à sa perte, ne s'enfuit pas avec plus de vitesse, et de
légèreté, l'ennemi, dis-je, en désordre, et en confusion,
la frayeur, et le désespoir au fond de l'âme, court, et
fuit devant lui, sans même se donner le temps de respirer,
de regarder derrière soi.

Jamais de déconfiture ni plus générale, ni plus complète, la terre est jonchée de morts, et de mourans, des
milliers innombrables de prisonniers, ainsi que la plûpart
de leurs bouches à feu, tombent entre ses mains, en un
mot, grand nombre d'Espagnols, ou bien séduits, ou
bien détenus par force, viennent se ranger sous ses drapeaux, couvrant de mille malédictions et la France, et
l'Empereur des François !!!

Déjà Madrid s'est découvert à sa vûe, et déjà ses habitans, du haut des murs, lui ont tendu les bras, ces bras
tremblans, et desséchés par la douleur et la contrainte,
tandis qu'une quantité d'autres, sortis de la ville, s'em-
pressoient à courir au devant de lui.

Les alliés qui avoient devancé notre nouveau MARL-
BOROUGH, étoient déjà en possession de la ville, déjà
ils avoient reçu du bon peuple de Madrid, leurs frères et
leurs compatriotes chéris, les plus chaudes, et les plus
vives accolades, des milliers de baisers de feu donnés, et
reçus de part et d'autre, avoient préludé à ceux qui
étoient réservés pour les premiers auteurs de leur délivrance, pour lesquels, de concert avec les habitans, ceux-
ci avoient fait, à la hâte, tous les préparatifs nécessaires ;
bientôt leurs yeux ont vu le Héros; peu de distance se
trouvoit entre Madrid, et son armée, il paroît, il s'approche, il entre; Dieu! quel changement! quel triomphe!
et quels transports de joie !!! en vain ma plume cherche-
roit-elle à les rendre, à les décrire, c'est plus que joie,
c'est plus que jouissance, c'est une espèce d'ivresse qui
tient, si j'ose ainsi m'exprimer, de la folie, et du délire,
leurs larmes, ces larmes amères, ces larmes de douleur,
qu'ils avoient si long-temps versées en secret, qu'ils avoient
dérobées, avec tant de soin, à la vûe perçante d'un ennemi farouche, ces larmes tout-à-coup sont changées en

larmes d'une joie pure, et telle qu'on n'en a jamais res-
senti de plus délicieuses, larmes, en un mot, qui avoient
quelque chose de commun avec celles d'une épouse éplo-
rée, qui, pendant une année entière, consumée de cha-
grin, et d'affliction, a pleuré la mort d'un tendre, et
fidèle époux, prétenduement lui enlevé, à la suite d'une
longue absence, mais qui, plein de vie, et de santé, re-
paroît, à l'impourvu, à ses yeux éteints, et languissans,
ces mêmes yeux, où, dans ce moment, la joie pétille,
et auxquels elle semble à peine en croire, ces mêmes
yeux sont inondés d'un nouveau torrent de larmes qui se
confondent avec les larmes d'un époux ressuscité, et en
font verser à-peu-près, de la même nature, à leurs proches,
et à leurs amis présens, telles étoient celles des bons habitans de Madrid.

Non, l'entrée du Sauveur du monde dans Jerusalem,*
ne fut pas accompagnée d'acclamations ni plus vives, ni
plus multipliées que le fut celle de leur immortel Libérateur; les voûtes du ciel, et les échos d'alentour ne cessent, jour et nuit, de les répéter, que dis-je? les murs,
et les remparts de Madrid semblent partager la joie pu-
blique, remués jusque dans leurs fondations les plus pro-
fondes, on les voit se mouvoir, on les voit tressaillir.

Soudain toutes les habitations leur sont ouvertes, caves
et caveaux, somelleries, dépenses, garde-mangers, tout est
à leur discrétion, jusqu'à leurs lits, leurs grabats sont
cédés, sont transportés sur les lieux les plus propres à
leur procurer quelques instans de repos, à les dédom-
mager de tant de mauvaises nuits qu'ils avoient passées
sur la dure, et à les laisser respirer des fatigues, et des
travaux qu'ils avoient essuyés, pour venir à bout de
rompre leurs chaînes, et les affranchir du joug !

---

* Ce fut la troisième année de sa prédication, l'an 33 du salut, qu'il fit son entrée triomphante, dans cette superbe Cité, le
29 Mars; que le second Avril suivant, qui étoit le Jeudi 14 du
mois Nisan, il fit la Pâque avec ses disciples, lava les pieds à ses
Apôtres, et institua la sainte Eucharistie, sous les espèces du
pain et du vin; le soir de ce jour là il fut pris par ses ennemis
conduits par le traître Judas, et le lendemain, 3 Avril, non ob-
stant la fête, on le condamna à mort, après qu'on l'eut fouetté,
couronné d'épines, et traité avec une ignominie sans égale ! ! !

Madrid est UNE SECONDE JERUSALEM DELI-
VREE, et l'Auteur de sa DELIVRANCE un nouveau
Cyrus, qui, tout ainsi que l'ancien, tout ainsi que l'Angé
exterminateur, la torche ardente à la main, en a fait
disparoître les hordes impies, et destructrices d'un monstre plus impie et plus destructeur encore, qui, réunissant
en lui, tous les crimes, tous les forfaits, et toutes les
cruautés des différens tyrans, qui, les uns après les autres,
saccagèrent, et détruisirent l'ancienne *Jérusalem*, ne se
repaît que de chair, et de sang humain.

Parmi ces tyrans, le dernier de tous, comme on sait,
s'entend immédiatement avant la delivrance de cette infortunée ville, fut l'exécrable Nabuchodonosor, Roi des
Assyriens, qui s'étant, de nouveau, rendu maître de Jerusalem, acheva de détruire, et de massacrer ce qui, la
première fois, avoit échappé à sa fureur brutale, c'est-à-
dire qu'après avoir pillé, renversé les temples et les autels, démoli, réduit au niveau de la terre, les forts, les
murs, et les remparts de cette grande et superbe Cité,
en un mot, mis tout à feu et à sang, ce Roi barbare fit
traîner, sous les fers, à Babylone, le peu d'habitans qui
restoient dans Jerusalem après le massacre, où condamnés aux travaux publics, et à tout ce que la tyrannie
peut suggérer de plus dur, de plus avilissant, et de plus
cruel, ils gémissoient, nuit et jour, sous le poids de leurs
chaînes; tourmens néanmoins auxquels ils se soumirent
avec d'autant plus de patience et de résignation, qu'ils
les regardèrent comme un juste châtiment leur infligé de
la part du Seigneur, tant pour leurs propres iniquités,
que pour le lâche abandon qu'à différentes reprises, leurs
pères avoient fait de sa sainte Religion, leur transmise
par Moïse, et ses pieux successeurs; cependant les malheureux Juifs ne cessoient d'adresser au Ciel des milliers
de vœux, et de prières ardentes pour leur delivrance,
dans l'espérance où ils étoient que, tôt ou tard, ces vœux
et ces prières seroient exaucés.

Aussi le terme de leurs maux, et de leur rude captivité
approchoit-il; soixante et dix années s'étoient écoulées
que les Juifs n'avoient encore éprouvé aucun allégement
à leurs peines, ni rien entrevu, jusques-là, qui leur in-
diquât la moindre apparence d'une *delivrance* prochaine,
quand, tout-à-coup, et au moment auquel ils s'y attendoient le moins, le grand Cyrus, ce Conquérant fameux,

au bras duquel le Dieu des armées avoit commis cette même *délivrance*, parut à la tête d'une armée nombreuse, mit le siége devant cette cruelle Babylone, s'en rendit maître ; et après avoir chassé le tyran de ses murs ensanglantés, *brisa les fers des malheureux Juifs*, et, peu de temps après, les renvoya à JERUSALEM, où, bientôt sous les auspices, et la protection de ce généreux Libérateur qui, à la suite, leur prêta la main en tout, et les combla de bienfaits, les Juifs se mirent, au plutôt, à rebâtir la ville, le palais, les temples et les autels, à relever ses murs, et enfin à se construire de nouvelles habitations.

Maintenant, en assimilant l'ancienne *Jerusalem* avec la JERUSALEM dont s'agit, et, en rapprochant les événemens qui eurent lieu dans l'une et l'autre, nous trouverons que telle étoit, à-peu-près, la situation de cette dernière, lors de la désertion du Roi d'Espagne, et de sa Famille, c'est-à-dire qu'immédiatement après leur transportation, en quelque sorte, volontaire, dans cette terre de désolation où ils furent conduits en triomphe, et où l'on peut les regarder aussi captifs que le furent à Babylone, certains Rois, certains Princes de cette fameuse Cité, ils se trouvèrent entièrement entre les serres, et sous la puissance arbitraire *du Nabuchodonosor* du siècle moderne, et leur Capitale infortunée, entre les mains, et sous le pouvoir despotique *de son illustre représentant* JOSEPH PREMIER, à titre *de Vice-Roi*, exactement de la même manière que la trop pitoyable Capitale de la Judée passa sous la domination tyrannique du cruel Jehoiakim, à titre de vassal, lors du retour de Nabuchodonosor à Babylone, mais qui, au bout de trois années, ayant entrepris de secouer le joug, fut mis à mort, et porta, en même temps, et la peine bien méritée de ses crimes, et le châtiment dû à sa rébellion.

C'est à cette époque que Nabuchodonosor prit, une troisième fois, possession de *Jerusalem*, et c'est à cette époque qu'elle fut impitoyablement pillée, et ravagée, que tout y fut mis à feu et à sang, et les Juifs menés captifs à Babylone, comme dit est ci-dessus, et c'est aussi à l'époque de la prise de possession de JOSEPH de notre nouvelle JERUSALEM, qu'elle ressentit toutes les amertumes, et tout le poids de sa captivité, ayant été, peu de temps après, à la suite d'une guerre des plus in-

justes et des plus désastreuses, exposée, ainsi que l'ancienne, à tous les outrages, à toutes les avanies et persé-
cutions les plus inouïes ; pillée, ravagée, ses temples, et
ses autels détruits, renversés, en un mot, les lieux les
plus sacrés, les couvents, et les monastères des religieux
et religieuses devenus les victimes de la rapacité, de la
profanation, et de la brutalité la plus criante : si comme
l'ancienne, notre nouvelle JERUSALEM ne gémit pas,
sous les fers, pendant un aussi long intervalle, aussi
n'avoit-elle pas, non plus, à se reprocher, comme elle, ses
crimes, ses dissentions intestines, ses guerres civiles, et
surtout l'abandon de la Religion de ses ancêtres, qu'elle
avoit lâchement fait à différentes reprises.

Comme l'ancienne notre nouvelle JERUSALEM ne
cessoit, nuit et jour, d'adresser des vœux et des prières
ardentes au Seigneur, pour sa délivrance ; comme l'ancienne, elle étoit aussi animée de l'espoir consolant que
sa captivité finiroit un jour, que tôt, ou tard, le Ciel lui
enverroit aussi, comme à l'ancienne, un nouveau Cyrus,
qui briseroit ses fers, et lui rendroit la liberté.

Les habitans de notre nouvelle JERUSALEM aussi
patients, aussi résignés que l'étoient ceux de l'ancienne,
aux volontés suprêmes d'un Dieu juste qui, souvent, pu-
nit dans ses peuples, les fautes de ceux qui les condui-
sent, conformément à ses divines paroles : *percutiam
ducem, et pastorem, et oves dissipabuntur*, je frapperai le
conducteur, et le pasteur, et ses ouailles seront disper-
sées : ces bons habitans se contentoient de prier, de se
lamenter, de pousser, en secret, de longs, de profonds
soupirs, bien convaincus qu'ils étoient que rien n'arrive
dans ce bas monde qui ne soit ordonné, qui ne soit dirigé
par la main du Tout-Puissant, dont les décrets éternels,
qu'il ne nous est pas permis de scruter, d'interprêter,
sont impénétrables aux foibles mortels, décrets auxquels,
quoiqu'ils n'eussent pas comme dit est, les délits, les crimes
des Juifs à se reprocher, ils s'étoient néanmoins, comme
eux, entièrement, aveuglément soumis.

Les pieux habitans de notre nouvelle JERUSALEM,
aussi bien que ceux de l'ancienne, étoient dans ces sentimens que la patience et la religion leur inspiroient,
ignorant, comme les derniers, le terme de leurs douleurs,
et la fin de leur triste captivité, quand soudain (grâce à
notre nouveau Cyrus) les tonnerres de SALAMANQUE,

ces bronzes majestueux, faits pour annoncer les grands
événemens, fatigués de carnage, et de, la destruction
·dont ils avoient été les causes innocentes, se firent entendre du haut de ses murs, et transmirent aux oreilles
des habitans de Madrid avec leurs bruits triomphans, la
confiance plénière que bientôt aussi les siens, tonnants
sur ses remparts, transmettroient de même, à ceux de
Séville, l'espoir bien fondé d'une delivrance prochaine, et
aussi fortunée, delivrance à laquelle, pour comble de
bonheur et de satisfaction générale, il ne manquoit que
L'ILLUSTRE CAPTIF, pour lequel ses fidèles et loyaux
sujets ont prodigué, et continuent à prodiguer si généreusement, si opiniâtrément, leur sang, et leur vie.
. . Les bénédictions, million de fois réitérées dont l'ancienne *Jérusalem* couvrit le Grand Cyrus, ne pouvant
avoir été ni plus ardentes, ni de plus longue durée que
celles dont notre nouvelle JERUSALEM, de concert
avec SALAMANQUE et Cadix, a couvert, et ne cessera
de couvrir son immortel Libérateur, le CYRUS du siècle
moderne, nous nous contenterons de renvoyer nos Lecteurs à la description que nous en avons faite ci-dessus,
de nous dilater, avec eux, sur le triomphe éclatant de la
nouvelle JERUSALEM DELIVREE, et, finalement, de
donner, avec eux, et avec le LORD WELLINGTON,
le second et dernier pied au cu au grand Roi JOSEPH ! ! !
. . Puisse au plutôt, le Nabuchodonosor de nos jours,
le destructeur de Moscow, recevoir pareil traitement
d'Alexandre, et ensuite du Ciel, un châtiment propor-
tionné à ses horreurs, et à ses brigandages ! ! !
Tandis que notre nouvelle JERUSALEM avaloit, à
longs traits, la coupe délicieuse d'une joie pure, et sans
nuage, coupe cent fois plus douce, et plus mielleuse que
celle qu'au haut des Cieux, Jupiter reçoit des mains
d'albâtre de la bienfaisante Hébé, LE LORD WEL-
LINGTON, dont les oreilles quoiqu'assiégées, si pas étour-
dies, par les acclamations et les bénédictions sans nombre, et sans fin, des bons habitans de Madrid, ne laissoient
pas d'être entièrement ouvertes aux clameurs de ceux de
Séville qui lui tendoient également les bras, et attendoient
son arrivée avec autant d'impatience que le pécheur, jadis, attendoit la venue du Messie sur la terre, LE LORD
WELLINGTON, dis-je, disparoît, tout-à-coup, il se
dérobe aux empressemens des uns, et s'arrache d'entre

E

les bras des autres ; son cœur avoit parlé, et son bras destructeur devoit obéir à ses impulsions irrésistibles, il part,
il vole, il approche, et à grand' peine est-il sous ses
murs, que Séville entre ses mains, devient, pour lui,
une nouvelle conquête, un nouveau sujet de triomphe ;
déjà Séville a recupéré sa liberté, et déjà Séville, comme
les précédentes, au comble du bonheur, le plus parfait,
manque d'expression pour témoigner au HEROS de SA-
LAMANQUE, et sa joie, et sa reconnoissance la plus
illimitée ; on a beau le presser, l'inviter, le supplier,
Burgos est maintenant le seul objet qui l'occupe, et s'il
s'éloigne de Séville, s'il est sourd aux prières, et aux
instances des habitans de Séville, ce n'est qu'en vûe d'aller
aussi briser, au plutôt, les fers de ceux de Burgos....
Mais, ô fatalité !!! le terme de la *délivrance* de Burgos
n'étoit pas encore arrivé ! ce terme si ardemment, si im-
patiemment attendu par ses habitans éplorés, n'avoit,
probablement, pas encore été marqué par la Provi-
dence. Eh ! quel est le Héros, même combattant pour la
cause du Ciel, dont sa main divine n'ait pas, quelque
fois, arrêté les progrès, au moment où il sembloit que
tout alloit se terminer à sa plus grande satisfaction, et
cela, pour des causes à nous inconnues, et par des circonstances inopinées, qui, bientôt après, tournent, assez souvent, à l'avantage de ses peuples chéris ? Puisse,
ah ! oui, puisse ce cas être celui des habitans de Burgos !!!

Les circonstances inattendues qui occasionnèrent la levée
du siège de cette ville, furent, comme on sait, la réunion
des armées Françoises, et leur marche précipitée vers
notre NOUVELLE JÉLUSALEM DELIVRÉE, circonstances qui, pour son infatigable Libérateur, furent des
circonstances des plus impérieuses ; les nouvelles appré-
hensions des habitans de Madrid prévalurent donc sur les
clameurs attendrissantes, comme sur les plus vives invita-
tions de ceux de *Burgos* ; il avoit consommé l'ouvrage,
et il ne vouloit pas exposer son ouvrage à devenir, ainsi
que l'ancienne *Jérusalem*, une seconde fois, la triste victime de l'oppression, et d'une oppression, qui n'en seroit
devenue que plus tyrannique, et plus insupportable.

Le LORD WELLINGTON s'éloigne donc de Burgos, son cœur en gémit, les cœurs de ses valeureux
guerriers en gémissent de même, mais quoi ! il le falloit,

et l'espoir de revenir sur leurs pas, celui d'attaquer Burgos avec une nouvelle ardeur, un nouveau courage, console, tout à la fois, et le GENERAL, et ses généreux soldats. Maintenant revenons à Madrid, et suivons notre pauvre JOSEPH s'éloignant, ou plutôt, fuyant à toutes jambes, avec ses pareils, des murs si regrettés de cette Capitale, chargé, bien entendu, de proie et de butin, livré aux impressions de la douleur la plus vive, et la plus accablante, et, en même temps, à celles d'une appréhension bien fondée de tomber, avec tout ce qu'il emportoit, entre les mains du Vainqueur, qui, en effet, auroit très-bien pu l'arrêter dans sa fuite, lui couper la retraite (ainsi que le bruit en avoit couru à Londres) et finir par le dévaliser.

Cependant plus heureux qu'on ne s'y attendoit, et, peut-être, qu'il ne s'y étoit attendu lui-même, il arrive enfin sain et sauf à l'endroit dont on étoit convenu, c'est-à-dire, à Valencé, où l'on n'eut rien de plus empressé que de faire courir le bruit que, *la peste commençant à faire des ravages dans Madrid, le Roi avoit trouvé bon de quitter Madrid !!!*

Sil no vero saltem, il bene trovato, c'est-à-dire, que s'il n'en étoit pas tout-à-fait ainsi dans la capitale d'Espagne, on doit convenir qu'en prenant la chose au figuré, *la peste étoit effectivement alors à Madrid ;* mais c'étoit *une peste* d'une nature si différente de la *peste* ordinaire, que ses ravages n'avoient de prise que sur les ennemis des Espagnols et des Portugais, et ne s'étendoient pas au-delà des frontières de l'Espagne et du Portugal !!! aussi est-ce bien à ce passage de mon écriture qu'il me semble entendre le Roi JOSEPH, de même que fait *George Dandin,* Scène 4ème, Acte 3ème, dans l'une des comédies de Molière ainsi intitulée, s'écrier avec lui : *Peste soit de ces marauts d'Anglois !* et *Peste soit de cet endiablé Wellington, et de tout ce qui l'accompagne !!!*

Oui, disoit-il, tout en fuyant, sans *cette graine pestiférée* qui se reproduit partout, qui répand partout sa zizanie, et son venin, partout la terreur et les alarmes, *graine* qui infectant, tout à la fois, et la terre, et les mers, et les îles, et les deux Indes, ne semble exister que pour la destruction de tout ce qui respire !!!..... Oui, encore un coup, sans *cette graine maudite,* aujourd'hui tranquille et paisible possesseur des deux couronnes d'Espagne et de Portugal, notre cher et auguste Napoléon!!! tout ainsi que nous, le seroit, également, de celles des deux premiers Empires de l'univers, et qui sait? peut-être, dans ce moment, feroit-il la loi à ceux qui me la font aujourd'hui, à la suite de *son grand projet d'invasion!!!*

L'un et l'autre heureux au sein de nos Etats, de nos Capitales respectives, jouissant du fruit de nos travaux, reposant à l'ombre de nos lauriers, le seul soin qui nous occuperoit, seroit celui de nous faire obéir, celui de châtier les revêches, s'il s'en trouvoit encore, mais celui surtout de récompenser, de reconnoître les bons offices de nos chers et loyaux sujets qui, dès le principe, nous ont été les plus dévoués, les plus attachés, à notre cause, et à notre élévation, en un mot, sans *cette graine impure*, nous regnerions, sans crainte de revers, sur toutes les nations, sur tous les peuples de l'Europe, tout autant qu'il en existe; car bientôt le peu qui reste de ces petits *roitelets* insignifians qui ne font plus que végéter, la plûpart d'entre eux étant déjà tributaires *du grand Empire*, en seroient devenus, bien décidément, et sans exception aucune, autant de vassaux dociles et complaisans.

Mais, hélas! tout est perdu, tout est désespéré; tel un phantôme, un rêve qui nous trompe, et nous séduit, tout a disparu de devant nos yeux, et la classe roturière est celle dans laquelle nous sommes, peut-être, à la veille de rentrer, grand Dieu! esclave de ceux-là mêmes que nous tenions sous la férule!!! O désastre! ô revers cruel! ô honte! ô désespoir!.... Oui, mon pauvre JOSEPH! oui, il en est ainsi: et *sic transit gloria mundi!!!*

Mais non, une nation plus fidèle et plus généreuse, une nation qui s'est montrée avec tout l'éclat d'une nation sincèrement attachée au bonheur, et aux destinées des *Napoléons*, la Polonoise enfin, nous a tendu les bras, oui, cette nation, à l'épreuve des événemens, nous ouvre aujourd'hui son sein, nous offre une couronne assurée, et le trône des Stanislas; autrefois déchirée par des dissentions continuelles, des guerres intestines, et presque jamais interrompues, on avoit trouvé bon, de partager cette pauvre Pologne, mais moins heureuse qu'auparavant, sous les trois Puissances qui se l'étoient appropriée, une quatrième y mit ordre, et en fit d'abord une république, mais à présent, que cette quatrième Puissance vient, par une grâce spéciale, de la rendre à elle-même, de l'ériger, de nouveau, en un Royaume, telle qu'elle étoit dans l'ancien temps, ce Royaume deviendra notre partage, et le partage assuré des *Napoléons* à venir.... Mais Ciel! quel climat! quel climat en comparaison de celui auquel on nous arrache!!! comment s'y faire? comment y résister? holà, Mr. JOSEPH, n'allons pas si vîte en besogne, ne sont-ce pas encore là *de ces châteaux en Espagne*, semblables à celui *de l'invasion*? Et si l'Empereur ALEXANDRE venoit à avoir le dessus, comme il pourroit fort bien arriver, croyez-vous, en conscience, qu'en dédommagement des frais énormes de la guerre lui déclarée *à propos de bottes*, et surtout de la destruction de Moscow, ALEXANDRE, au lieu d'une simple partie de la Pologne qu'il possédoit, ne feroit pas, et cela sans le moindre scrupule, main basse sur la Pologne entière? pour lors, à quoi vous raccrocher? où vous réfugier? et ici, ne seroit-ce pas le cas de vous écrier, en bon François: *Adieu paniers, vendange est faite!!!* C'est en se lamentant ainsi que, le pauvre JOSEPH continuoit sa route, sans trop savoir ce qu'il avoit à craindre, ou à espérer, lorsqu'on vint lui dire que Séville étoit également au pouvoir du Vainqueur, et que Burgos lui-même venoit d'être investi, ce fut un nouveau coup de foudre pour JOSEPH, quoiqu'il dût s'y attendre, et l'on prétend qu'à cette nouvelle, il dit, en secouant les oreilles, *c'est bien malheureux, et les affaires commencent à prendre une très-mauvaise tournure pour Napoléon, aussi bien que pour nous-mêmes!!!*

Aussi y a-t-il gros à parier qu'il s'écoulera bien des muids d'eau, sous les arcades du Pont-Neuf, avant que les *badaux de Paris* voyent reparoître au théâtre LE BARBIER DE SEVILLE, dans l'appréhension où Messieurs les Directeurs seront de rappeler au souvenir *du grand Empereur!!!* comme à celui du *Roi dépossédé*, et le LORD WELLINGTON, et tout ce qui a rapport au LORD WELLINGTON, mais surtout de leur remémorer sa manière brusque et bourrue *de raser à poil, et à contre poil*, non-seulement *leurs gens à moustache*, mais généralement, et dans toutes les occasions, tous leurs soi-disants *invincibles!!!* et de r'ouvrir, enfin, par la représentation du dit BARBIER, des plaies qui, d'ici à long-temps, ne seront ni guéries, ni cicatrisées.

Une chose assez remarquable, et, pour ainsi dire extraordinaire, relativement à la fuite du grand Roi JOSEPH, c'est que deux jeunes Biscayens instruits, qui naguères avoient achevé leurs études à SALAMANQUE, et qui, fort à-propos, lors de leur retour d'une course qu'ils venoient de faire, purement par plaisir, respiroient le frais, à l'ombre d'un hêtre touffu, tout ainsi que Virgile, dans ses *Buccoliques*, nous dépeint son Tytire, par ces vers qu'avec un nouveau plaisir, il m'arrive encore, assez souvent, de répéter :

> *Tytire, tu patulæ recubans sub tegmine fagi,*
> *Silvestrem tenui musam meditaris avenâ.*

étendus qu'ils étoient, la tête appuyée sur le tronc paisible de ce hêtre, qui paroissoit prendre intérêt à leur conversation; ils donnoient libre carrière à leur joie, à cette joie pure et inexprimable dont leur cœur étoit assiégé, à l'aspect consolant de la tournure inespérée qu'avoient prises les affaires, à la suite de la grande et glorieuse victoire de SALAMANQUE; ils s'entretenoient de l'heureuse, et inopinée delivrance de cette ville; de la levée du siége de Cadix, et se repaissoient de l'espoir flatteur de voir, au premier jour, notre nouvelle JÉRUSALEM delivrée, et arrachée d'entre les mains de ses oppresseurs les plus plus impitoyables; ils répétoient à l'unisson, sur leurs guittares, et sur leurs flûtes, différens airs et différens hymnes Espagnols qui avoient été composés à cette occasion, et qu'on ne cessoit, jour et nuit, de chanter, de répéter dans l'une et l'autre de ces deux villes, quand, tout à coup, ils apperçoivent dans le lointain, un tourbillon de poussière, et bientôt après, une multitude extraordinaire d'hommes, de chevaux, de voitures, et de chariots, sans nombre, qui transportoient un butin considérable, sous le faix, duquel les roues, et les essieux sembloient gémir.

Ce nombreux cortége défilant à peu de distance de l'endroit où nos jeunes Biscayens avoient fait une pause, il ne leur fut pas bien difficile de deviner ce qui en étoit.

Oh! parbleu! se dirent-ils l'un à l'autre, il n'y a plus à en douter ; c'est le Roi, c'est JOSEPH lui-même, qui vraisemblablement, à la suite *d'un pied au cu*, lui donné par LE LORD WELLINGTON, aura pris le large, sans même qu'il lui soit venu en tête de lui rendre la politesse !!! nos jeunes gens ne savoient guères *que la peste étoit dans Madrid, et commençoient à y faire des ravages !!!*

N'importe le cortége ne fut pas plutôt à quelque cent pas d'eux, que nos *Tytirès* reprenant leurs guittares, et leurs flûtes en mains, les accordent de nouveau, chantent et répètent alternativement, sur les tons les plus mélodieux, et à la grande satisfaction des échos d'alentour, LA NOUVELLE JERUSALEM DELIVRÉE, OU LE PIED AU CU DE MADRID, par le Lord Wellington au grand Roi JOSEPH !!! de la manière suivante :

LA DELIVRANCE, OU LE PIED AU CU DE MADRID.

HYMNE A LA MARLBOROUGH.

Sur les tons de *La pèle au cu,* ancien air, généralement connu en France ; cet HYMNE ayant été, de la part de nos jeunes Biscayens, un IMPROMPTU du moment, leur inspiré par le Génie national, et une Muse enthousiaste ; nous osons espérer qu'il trouvera grâce aux yeux de nos Lecteurs.

Eusebio di Torès commence, Fabricio di Langara répond.

Tandis qu'Eusebio chante, à plein gosier, la première stance de l'HYMNE, Fabricio l'accompagne sur sa flûte, celui-ci reprend la seconde stance, et l'autre accompagnant Fabricio, sur sa guittare, fait, tout à la fois, retentir l'air et des accents harmonieux de sa voix, et des doux accords de son instrument sonore, ce qu'ils font alternativement, de même, jusqu'à l'entière exécution de l'HYMNE.

1.

Euseb. Oui, c'est l'intru, oui, c'est lui-même,
   C'est le Huron,
Qu'on aura mis à la raison,
Le frère *au nouveau Charlemagne!*
Au galop qui quitte l'Espagne,
   Plus n'en doutons. *(bis.)*

2.

Fab. d'un air et d'un ton moqueur.
Frère, votre climat peut-être,
   Trop chaud pour lui,
Lui fait prendre enfin ce parti !!!
Sûrement qu'au climat de France,
Il donne ici le préférence
   Sur celui-ci ! *(bis.)*

3.

Euseb. Non, non, crois-moi, sur ma parole,
   Le mal autru,
Sur ses pas, s'il est revenu,
Ce n'est pas ce qui le dégoûte,
Mais il aura reçu sans doute,
   Le pied au cu. *(bis.)*

4.

Fab. Que ne sommes-nous à Valence,
   Tous deux ce soir !!!
Pour nous quel plaisir de les voir!
Tout en descendant de voiture,
Ah ! quelle chienne de figure
   Tous ils feront !!! *(bis.)*

5.

Euseb. Surtout quand ils seront
à table,
Sans dire mot,
Qu'il s'y poussera de sanglots !!!
Dévorant, sans plus d'espérance,
Leurs sombres chagrins, en silence,
Qu'ils seront sots ! *(bis.)*

6.

Fab. Et quelles seront les gri-
maces
De l'avorton,
De ce fougueux Napoléon !!!
A Saint-Clou revoyant son frère,
Dieu ! sait quels transports de co-
lère
Les siens seront !!! *(bis.)*

7.

Euseb. Et les bouteilles, et les
verres
Y passeront,
Malheur à ceux qui serviront !!!
Trop étranges métamorphoses
Qu'ils chanteront de belles choses,
En faux bourdon !!! (bis.)

8.

Fab. Frère, quel triomphe est le
Nôtre,
Dans cet instant,
Jamais plus heureux change-
ment !!!
Oui, le Ciel, en brisant nos chaînes
Fait cesser nos craintes, nos peines,
Et pour long-temps. *(bis.)*

9.

Euseb. Allons, allons boire bou-
teille
Chez Valentin,
Quoique *François*, il pense bien,
Toujours il soutint notre cause,
Il nous avoit prédit la chose,
De longue main. *(bis.)*

10.

Fab. Valentin en sera trophée,
Décidément,
Comme-nous, il hait le tyran,
Oui, hâtons-nous d'aller l'ins-
truire ;
Corbleu ! comment nous allons
rire,
En bien trinquant. *(bis.)*

11.

Euseb. (à Valentin.)
Ami, prennons en main la verre,
A la Santé
De WELLINGTON le Bien-
aimé !!!
De ce fameux Foudre de guerre,
Dont le redoutable tonnerre
Nous a sauvé. *(bis.)*

12.

Valentin. Vive le bon Roi d'An-
gleterre,
Ce Roi puissant !!!
Digne, du Levant au Couchant,
De regner sur l'Europe entière ;
Vive le Régent, et son Frère !!!
Et Ferdinand !!! *(bis.)*

13.

*Euseb. Fab. et Valentin faisant
chorus.*
Ah ! oui, puissent les Cieux pro-
pices,
A nos accens,
Bientôt nous rendre Ferdinand !!!
Heureux, comme furent nos pères
Oubliant, sous Lui, nos misères,
Nous jouirons. *(bis.)*

14.

Les mêmes continuent.
Et puisse de même Alexandre
De ses confins,
Chasser d'aussi mauvais voisins !!!
Puis couronner cette besogne
En s'appropriant la Pologne
Aux vœux des siens !!! *(bis.)*

15.

Valentin, loyal Champenois d'origine, chante seul

Et puisse, au bruit de ses victoires,
Rentrant en soi,
Sans cesse, la France avec moi,
Tel jadis (terrassant le crime,)
Crier, d'une voix unanime :
VIVE LE ROI !!!
VIVE LE ROI !!!

*Les deux autres se joignent à Valentin, et ils répètent
ce couplet, à l'unisson.*

Ils avoient recommencé l'Hymne pour la troisième fois, lorsqu'arrivés à ces mots de la stance 5ième, où il est dit : *plus d'espérance :* ils crurent entendre, à leur plus grand étonnement, une voix majestueuse qui leur crioit : *Carissimi, vestræ nolite nimiùm indulgere lætitiæ, appropinquat enim dies illa cùm breviter lacrymabimini iterùm ;* mes amis, ne vous livrez pas aussi éperduement aux transports de la joie, car le jour approche, où, pour peu de temps, vous pleurerez de nouveau.

Comme nos jeunes gens étoient entre deux vins, ils ne firent pas grand attention à ces paroles terribles qui, malheureusement, ne se sont que trop vérifiées ; Valentin qui, comme la plûpart des François révolutionnaires, ne croit ni aux miracles, ni aux apparitions, et qui, probablement, en punition de son incrédulité, n'avoit pas entendu la voix, commença à rire à leurs dépens, et à les traiter de *visionnaires,* ce qui effaça, sur le champ, de leur esprit la foible impression que ces paroles y avoient faite : mais l'événement d'aujourd'hui les leur ayant rappelé à la mémoire, ils n'ont plus le moindre doute que ce ne fût leur grand SAINT-JACQUES de Compostelle, en Gallice, qui leur en avoit annoncé la circonstance funeste ; si l'Auteur eut été de l'écot, il se seroit bien gardé de choisir, pour son sujet, LA NOUVELLE JERUSALEM DELIVREE, supposé tout fois qu'il eut été assez heureux pour entendre *Saint-Jacques* de Compostelle.

FINIS.

E

POESIES DIVERSES,

Dont quelques-unes, en différens temps, ont paru dans le Star *et le* Morning Post.

BUONAPARTE prétenduement mort, à la suite d'un coup de feu, à son premier début en Russie, l'IMPROMPTU suivant (dès le même jour, inséré dans les papiers ci-dessus mentionnés,) fut la production du moment, de la part de l'Auteur, lequel, quoique la chose ne se soit pas trouvé véritable, a néanmoins cru ne devoir pas déplaire au Lecteur, par la singularité avec laquelle il l'a traitée.

IMPROMPTU.

Qu'entends-je? se peut-il? le grand Napoléon
Descendu, tout-à-coup, au séjour de Pluton!!!
O Ciel! telle étoit donc ta volonté suprême?....
Pleurez, lamentez-vous, François, et Musulman,
Portugais, Espagnols, Germain, Batave, Russe,
Suisses, Colons, et vous habitans de la Prusse!!!....
C'est ainsi que du monstre hier un chaud partisan
A son ami Grippon, se lamentant de même,
Exprimoit ses regrets, et sa douleur extrême;
Oui, pleurez, avec moi, ce conquérant fameux,
La Perle des Héros, l'honneur du diadème,
Dont la gloire a monté jusqu'au plus haut des cieux,
Que l'envie, au teint noir, l'injuste calomnie,
Toutefois noircissant les beaux traits de sa vie,
Osent peindre à nos yeux comme un autre tyran,
Chrétien, quaker, athée, enfin mahométan,
Et le plus grand fléau qui fut jamais au monde!!!....
Sans mouvoir le paupière, et sans répondre un mot,
Je fixois, j'écoutois mon fieffé de sot,
Alors qu'à nouveaux frais voulant recommencer,
Et savoir, là-dessus, ma façon de penser,
Frétillant dans ma peau, pressé d'impatience,
Je crus devoir enfin rompre ici le silence,
En lui disant, mon cher: soit crimes, soit vertus,
Il parut le matin, le soir, il n'étoit plus.*

Transivi, et ecce non erat.

---

* Dans tous les cas, il n'y perd que l'attente, le proverbe disant fort bien, en pareille occasion : *Que, ce qui est différé, n'est pas perdu.*

SA DESCENT ET SA RECEPTION AUX ENFERS.

Sa descente, et sa réception aux enfers, fut (comme on verra,) bien différente de celle qu'on y fit à Orphée, pénétrant dans ces lieux d'horreur, en vûe de libérer sa chère Euridice, et qui, grâce aux sons harmonieux de sa lyre enchanteresse, étoit venu à bout de fléchir le juge inexorable des contrées souterraines, le grand Minos, mais à qui, malheureusement, pour avoir, contre l'ordre exprès qu'il en avoit reçu, jetté, dans son impatience, un léger regard sur ce tendre objet de sa flamme, Euridice fut, pour la seconde fois, et sans espoir de retour, arrachée, pour jamais, et replongée dans l'abîme d'où il venoit de la retirer si heureusement.

TRIO SUR LE TON DE BASSE.

Air: PILARDIN, *l'autre jour, mourut de la gravelle.*

Tel un être maudit écrasé du tonnerre,
Atteint d'un coup de feu, Napoléon par terre,
Expire incontinent,
Aux enfers il descend ;
Belzebuth qui, pour lors, étoit en sentinelle,
Lui cria,
Qui va là ?
Qui va là ?
D'un conquérant sans foi,
Jadis Consul et Roi,
L'âme trop criminelle...
Halte là, dit le lutin,
Baissant le long trident qu'il tenoit à la main,
Halte là,
Demeure là.
Le Caporal s'avance,
Et sur le ton de l'arrogance,
Lui dit, en le bourrant,
Retire-toi, manant,
Dans ces bas lieux point de Napoléon,
Plus de Denys, plus de Néron,
Là-haut, quand tu regnois,
Dans tes fureurs impitoyables,
Tu conspirois, égorgeois les vivans,

De même, ici, tu tramerois,
Et, bientôt, tu souleverois
Les morts contre les Diables;
Adieu,
Va-t-en loin de ce lieu
Promener tes mânes abominables.

Et *un pied au cu* bien serré, semblable à celui donné au frère Joseph, à Madrid, fut le passeport que lui délivra le Caporal, qui soudain lui ferma la porte au nez; malheureusement pour la Russie, l'Espagne, le Portugal, et quantité d'autres Régions, malheureusement, dis-je, qu'il respire encore, et que c'est dans cette première qu'il promène non ses mânes, mais son individu tout entier, bien robuste, et bien vivant qu'il est, c'est-à-dire, pour parler en proverbe, *en chair et en os*, comme Saint-Amadou, reste à savoir s'il arrivera de même en France.

***

LE PATE DE STANISLAS, ROI DE POLOGNE.

En pâté l'on servit, un jour, à Stanislas,
Son petit nain Gillon,
Qui, tout-à-coup, sortant de sa frêle prison,
Divertit le Monarque, et toute la Pologne;
Ah! comment ne riroit-on pas,
Si, pour ressusciter le cas,
Quelque Russe futé
Pouvoit, de même, sur soi prendre
Une aussi risible besogne,
Et, pour divertir Alexandre,
Tout ainsi que Gillon,
Aussi mettre en pâté
Le tout petit Napoléon.

***

AUX DIFFERENTES NATIONS DU NORD.
Parodie de l'Hymne Marseillois.

1.

Peuples de la froide hémisphère,
Peuples vaillans, rassemblez-vous,
De votre liberté si chère,
Plus que jamais soyez jaloux. *(bis.)*

Foudroyez ces monstres féroces,
Défendez vos propriétés....
Vos fils, vos femmes égorgés!!!
Fut-il de forfaits plus atroces?
En avant, fiers Guerriers, combattez vos tyrans,
Marchez, frappez,
Qu'un sang impur abreuve au loin vos champs.

2.

Oui, combattez pour votre gloire,
Et pour la gloire de vos Rois;
Volez, volez à la victoire,
Soyez libres par vos exploits. *(bis.)*
Un vil ennemi vous outrage,
Il vous défie au champ d'honneur,
Sachez réprimer sa fureur,
Et dans son sang noyer sa rage;
En avant, fiers Guerriers, &c.

3.

Quand on combat pour sa Patrie,
Pour soi-même, et pour ses foyers,
Oui, l'on doit mépriser la vie,
Marcher à travers les brasiers. *(bis.)*
Pour lors, on devient invincible,....
Couverts de honte, et de mépris,
L'on foule aux pieds ses ennemis,
L'on est, pour eux, plus que terrible.
En avant, fiers Guerriers, &c.

4.

Sur nos ACHILLES Britanniques
Fixez les yeux, réglez vos pas,
Que vos faits, vos lauriers antiques
Vous animent dans les combats. *(bis.)*
Oui, sous les drapeaux de Bellone,
Osez, osez vaincre, comme eux,
Et, tout ainsi que vos ayeux
Soyez les défenseurs du Trône;
En avant, fiers Guerriers, &c.

JUST IN TIME.

A S. A. R. Mgr. le Duc d'York, &c. au jour de sa Nais-sance, le 16 Août, 1812, jour auquel on doit se rappeller que les nouvelles officielles de la memorable Bataille de SALAMANQUE arrivèrent, par un beau Dimanche, sur les onze heures du matin.

IMPROMPTU.

Grand Prince, dans ce jour, quel Bouquet plus flatteur
Que les lauriers des tiens puis-je offrir à ton cœur ?
Puis-je offrir à celui de ta digne Compagne ?
Oui, ces nombreux lauriers qu'ils cueillent en Espagne,
Sous un Chef immortel, la terreur des François,
Et le triste fléau du *nouveau Charlemagne,*
Tu dois les partager, sur eux former des droits,
Vû qu'à Toi, comme nous, l'Espagne en doit le choix,
Chef à jamais chéri, qui, brusquant la victoire,
Ajoûte, chaque jour, un fleuron à sa gloire,
Que dis-je ? qui paroît, presque dans tous les cas,
Donner, faire la loi même au Dieu des combats,
Et (choses que plus d'un prétendoit impossibles,)
Toujours complètement vaincre *les invincibles !!!*
Pour moi quel doux triomphe ! et j'ose l'augurer,
De les voir tous, sous peu, dans la poudre rentrer,
Et le Colosse enfin, pour prix de tant de crimes,
Pour prix du sang d'autant de milliers de victimes,
Culbutté de son Trône, à l'aventure errer,
De pouvoir, l'an prochain, libre de toute crise,
Au même jour, chanter l'Espagne reconquise,
Du Russe, et du Prussien chanter l'heureux repos,
Et bénir, avec eux, et GEORGE, et le HEROS,
Et l'Angleterre enfin, pour lors, d'autant plus fière,
Qu'elle aura libéré l'Europe toute entière.

AU LORD WELLINGTON.

Sauveur du Portugais, défenseur de l'Ibère,
Guerrier, bienfaisant tour à tour,
Wellington, sur nos bords, acquit à l'Angleterre,
Et notre estime, et notre amour.

Par un Officier, au service d'Espagne.

Post gaudia luctus !!!

MADRID ! ! !

Qu'une joie excessive soit souvent suivie d'une douleur proportionnée, c'est ce qui arrive assez communément ; et telles, hélas! sont les circonstances assommantes dans lesquelles, par une fatalité aussi triste qu'imprévûe, s'est alternativement trouvée, en bien peu de temps, notre NOUVELLE JERUSALEM, tout-à-coup, si heureusement DÉLIVRÉE, et, tout-à-coup, si malheureusement rentrée sous le joug oppressif de ses ennemis les plus acharnés ! ! !

Et telles sont aussi celles auxquelles l'Auteur lui-même s'est trouvé, et se trouve encore réduit, dans ces momens cruels !!! Avec elle, et comme elle, il s'étoit livré à tout l'excès d'une joie pure, d'une joie délicieuse, et aujourd'hui, avec elle, et comme elle, son âme livrée à la douleur, à une douleur profonde, il ne peut que mêler ses larmes à ses larmes amères, trop heureux qu'il sera, si, pour, en quelque sorte, les essuyer, sa petite Production, qui, depuis la circonstance, n'a plus, pour ainsi dire, qu'un mérite rétroactif, et une existence précaire, est assez fortunée pour trouver grâce aux yeux de ses bienfaisans SOUSCRIPTEURS, dans une conjoncture aussi accablante, pour lui ; c'est ce que l'Auteur ose espérer, avec d'autant plus de confiance de la plûpart d'entre eux, que, lors de l'arrivée de *cette nouvelle désespérante*, la dernière feuille de son Ouvrage étoit sous presse, conséquemment impossible à lui, ou de la refondre entièrement, ou bien d'y faire les changemens considérables qu'il auroit désiré.

Dès ce moment, l'Auteur sentit bien que *publier son Ouvrage* s'étoit probablement s'exposer à entendre dire, par certains individus : que c'étoit là *donner de la moutarde après souper*, que c'étoit peut-être aussi *apprêter à rire, à ses dépens*, mais il sentit encore bien mieux que *ne pas le publier du tout*, c'étoit s'apprêter soi-même à devenir, au premier jour, un gibier de police, c'est-à-dire, s'apprêter à aller faire triste figure, dans quelque appartement poudreux, sous la direction du Lord Ellenborough, à la suite d'une B. ! ! ! . . . .

Dans une alternative aussi désolante, ledit Auteur a donc cru ne devoir pas choisir le *pis aller*, persuadé qu'il est que ses compatissans Bienfaiteurs, en considération des bonnes intentions qu'il a constamment manifestées dans ses différentes Productions, et plus particulièrement encore, dans celle-ci, voudront bien rejetter toute la faute sur ce misérable, cet entêté, et, s'il ose ainsi s'exprimer, sur ce *démon de Général BURGOS* qui, quoique bien décidément, au fond de son âme, il ne désirât rien plus ardemment que de rendre les armes, que de s'abandonner entièrement à la discrétion de SON IMMORTEL ANTAGONISTE, a néanmoins cru, en y mettant la plus vigoureuse, et la plus obstinée résistance, (Eh! de quoi ce malheureux point d'honneur n'est-il pas capable ?) devoir l'arrêter tout court, dans sa brillante carrière, lui arracher Madrid des mains, et, par là, détruire, pour quelque temps, ses plus belles espérances, celles des Espagnols, des Portugais, et celles de la Russie; que dis-je, détruire celles des Puissances mêmes qui paroissent les plus attachées à la cause de l'usurpateur, en un mot, détruire mes espérances, et les espérances de l'Europe entière !!! laquelle, *au troisième pied au cu* n'en sentira que plus vivement les douceurs de son triomphe final. Une grande consolation, dans l'entre-temps, pour la Nation Britannique, en général, c'est que les lauriers cueillis, par ses intrépides, ses valeureux guerriers, tant dans les plaines de Vimeira, que dans celles de Salamanque, et autres lieux, en dépit du temps, de *Napoléon*, et de *Joseph*, en dépit du revers momentanné, et même de revers ultérieurs, s'il en arrive; en un mot, en dépit de l'entêtement inattendu de ce maudit Général BURGOS, ces lauriers, oui, ces lauriers nombreux, ces lauriers peu communs qui ceindront, à jamais, les temples orgueilleuses de JOHN BULL, et de son immortelle Postérité, ne serviront qu'à prouver ultérieurement aux Nations qu'il n'est qu'une Angleterre au monde, et que sans cette seule et même Angleterre, qui n'a jamais varié dans ses principes, toutes ces Nations, sans en excepter une seule, auroient éternellement gémi sous le joug oppressif du tyran, et successivement sous celui d'une race impure qui, vraisemblablement, héritière de ses crimes, et de sa barbarie, comme de son ambition et de ses usurpations journalières, n'auroit discontinué de faire la guerre à l'humanité, et à la Religion; *Qualis pater, talis filius !* tel père, tel fils !!!

FIN.

De l'imprimerie de Cox et Baylis, Great Queen Street, Lincoln's-Inn-Fields, à Londres.

245

www.ingramcontent.com/pod-product-compliance
Lightning Source LLC
Chambersburg PA
CBHW061654180626
46818CB00003B/1088